Diogenes Taschenbuch 22562

Muriel Spark
»Töte mich!«

*Roman
Aus dem Englischen
von Matthias Fienbork*

Diogenes

Titel der Originalausgabe:
›The Driver's Seat‹
Copyright © 1970 Muriel Spark
Die deutsche Erstausgabe erschien 1990
im Diogenes Verlag
Umschlagillustration von
Edward Gorey

Veröffentlicht als Diogenes Taschenbuch, 1993
Alle deutschen Rechte vorbehalten
Copyright © 1990
Diogenes Verlag AG Zürich
80/93/43/1
ISBN 3 257 22562 8

I

Und der Stoff bekommt keine Flecke«, sagt die Verkäuferin.

»Bekommt keine Flecke?«

»Es ist ein neues Material«, sagt die Verkäuferin. »Besonders behandelt. Man merkt nichts. Das Kleid nimmt keine Flecke an, wenn man sich mit Eis oder Kaffee bekleckert oder so.«

Die Kundin, eine junge Frau, zerrt plötzlich am Kragen, zieht den Reißverschluß auf. Sie sagt: »Ziehen Sie mir das sofort aus!«

Die Verkäuferin ärgert sich über die Kundin, die das leuchtend bunte Kleid bisher schön gefunden hat. Es hat grüne und rote Quadrate auf weißem Grund, blaugepunktet die grünen Quadrate und lilagepunktet die roten. Das Kleid ist kein Verkaufsschlager. Andere Kleider aus dem gleichen neuen, fleckenunempfindlichen Material sind gut gegangen, aber dieses Modell, von dem noch drei gleiche Exemplare in anderen Größen hinten im Lager hängen, um nächste Woche drastisch reduziert zu werden, ist den meisten Kundinnen zu lebhaft. Aber die Frau, die das Kleid jetzt hastig auszieht und es äußerst gereizt auf den Boden wirft, hatte, als sie es anzog, zufrieden gelächelt. »Das ist mein Kleid!« hatte sie ausgerufen. Die Verkäuferin meinte, es müsse noch gekürzt werden. »Gut«, hatte die Kundin gesagt, »aber ich brauche es morgen.« »Tut mir leid«, hatte die Verkäuferin gesagt, »bis Freitag schaffen wir es nicht.« »Oh, dann mache ich es selbst«, hatte die Kundin gesagt und sich umgedreht, um das Kleid im hohen Spiegel von der Seite zu bewundern. »Es sitzt gut. Wunderschöne Farben!« hatte sie gesagt.

»Und es bekommt keine Flecke«, hatte die Verkäuferin gesagt. Und ihre Augen wanderten zu einem anderen fleckenunempfindlichen, genauso unverkäuflichen Sommerkleid, das sie der zufriedenen Kundin ebenfalls anbieten wollte.

»Bekommt keine Flecke?«

Die Kundin hat das Kleid beiseite geworfen.

Die Verkäuferin erhebt die Stimme, als wolle sie ihrer Erklärung Nachdruck verleihen: »Besonders behandelter Stoff... Wenn etwas Sherry daraufkommt, dann wischen Sie es einfach weg! Bitte, Miss, ziehen Sie nicht so am Kragen!«

»Glauben Sie, ich mache Flecken auf meine Kleider?« sagt die Kundin mit schriller Stimme.

»Sehe ich so aus, als könnte ich nicht anständig essen?«

»Miss, ich habe nur von dem Stoff gesprochen. Sie sagten, Sie wollen in Urlaub fahren, und auf Reisen macht man sich ja immer schmutzig. Bitte gehen Sie nicht so mit unseren Sachen um, Miss! Ich habe nur fleckenabweisend gesagt, und dann taten Sie so, als ob es Ihnen gefiele.«

»Wer hat Sie denn um ein fleckenabweisendes Kleid gebeten?« schreit die Kundin, während sie schnell und sehr entschlossen Bluse und Rock wieder anzieht.

»Die Farben haben Ihnen doch gefallen, oder?« sagt das Mädchen. »Was macht es denn aus, daß es fleckenabweisend ist, wo Ihnen der Stoff gefallen hat, bevor Sie davon wußten!«

Die Kundin nimmt ihre Tasche und geht – fast im Laufschritt – zur Tür, während zwei andere Verkäuferinnen und zwei andere Kundinnen verblüfft dastehen und ihr nachstarren. An der Tür dreht sie sich um und sagt, zufrieden, die Situation mit einer unantastbaren Ausrede gemeistert zu haben: »Ich lasse mich doch nicht beleidigen!«

Sie geht die breite Straße hinunter, sucht in den Schaufenstern das Kleid, das sie braucht, *das* Kleid. Ihre Lippen sind leicht geöffnet; sie, deren

Lippen sonst fest aufeinandergepreßt sind, unzufrieden wie sie ist mit ihrer ständig gleichen Arbeit im Wirtschaftsprüferbüro, in dem sie, seit ihrem achtzehnten Geburtstag, tagaus, tagein gearbeitet hat, abgesehen von Zeiten, in denen sie krank war, alles in allem sechzehn Jahre und ein paar Monate. Wenn sie nicht spricht, sind ihre Lippen sonst zusammengepreßt wie ein mit dem Lineal gezogener Strich, ein Bilanzstrich, waagerecht nachgezeichnet mit ihrem altmodischen Lippenstift, ein endgültiger und ein urteilender Mund, ein Präzisionsinstrument, ein pedantischer Mund. Sie hat fünf Mädchen und zwei Männer als Untergebene. Über ihr sind zwei Frauen und fünf Männer. Ihr unmittelbarer Vorgesetzter hatte ihr aus Freundlichkeit den Nachmittag freigegeben, Freitagnachmittag. »Sie müssen noch packen, Lise. Gehen Sie nach Hause, packen Sie und ruhen Sie sich aus!« Sie hatte sich gesträubt. »Ich brauche mich nicht auszuruhen. All diese Arbeiten muß ich noch erledigen. Schauen Sie - das alles.« Der Vorgesetzte, ein dicker kleiner Mann, sah sie ängstlich durch seine Brille an. Lise lächelte und beugte den Kopf über ihren Tisch. »Das hat Zeit, bis Sie wieder zurück sind«, sagte der Mann, und als sie zu ihm hochsah, zeigten sich Mut und Trotz hinter seiner randlosen Brille. Dann hatte sie angefangen, hysterisch zu lachen. Sie hörte auf zu lachen und brach in Tränen aus. Unruhe an den anderen Tischen und die zuckenden Rückwärtsbewegungen ihres kleinen dicken Vorgesetzten gaben ihr das Gefühl, etwas getan zu haben, was sie seit fünf Jahren nicht mehr getan hatte. Während sie zur Toilette lief, rief sie allen im Büro zu, die Anstalten machten, ihr hinterherzulaufen oder ihr zu helfen: »Laßt mich in Ruhe! Es ist nichts! Es hat nichts zu bedeuten!« Eine halbe Stunde später sagten sie: »Sie sollten mal richtig Urlaub machen, Lise. Sie brauchen einen Urlaub.« »Ich werde ihn mir nehmen«, sagte sie. »Ich werde mich großartig amüsieren«, und sie hatte die zwei Männer und die fünf Mädchen, die ihr unterstanden, und ihren zuckenden Vorgesetzten angesehen, einen nach dem anderen, die Lippen gerade wie ein Strich, der imstande wäre, sie alle restlos zu beseitigen.

Jetzt, nachdem sie den Laden verlassen hat und die Straße entlanggeht, sind ihre Lippen ein wenig geöffnet, als wollten sie einen geheimen Duft aufnehmen. Ihre Nasenlöcher und Augen sind tatsächlich einen Bruchteil weiter geöffnet als sonst, unmerklich, aber gründlich unterstützen sie die geöffneten Lippen bei der einen Aufgabe, das Kleid aufzuspüren, das sie haben muß.

Vor einem Warenhaus biegt sie von ihrem Weg

ab und tritt ein. Abteilung Urlaubskonfektion: Sie hat das Kleid gesehen. Ein zitronengelbes Oberteil, der Rock bunt gesprenkelt mit V's in Orange, Lila und Blau. »Ist es aus diesem fleckenabweisenden Stoff?« fragt sie, nachdem sie es angezogen hat und sich im Spiegel betrachtet. »Fleckenabweisend? Ich weiß nicht. Es ist aus waschbarer Baumwolle, aber an Ihrer Stelle würde ich das Kleid reinigen lassen, es könnte eventuell einlaufen.« Lise lacht, und das Mädchen sagt: »Ich glaube nicht, daß wir etwas wirklich Fleckenabweisendes führen. Von so etwas habe ich noch nie gehört.« Lises Mund verwandelt sich in einen Strich. Dann sagt sie: »Ich nehme es.« Unterdessen nimmt sie einen Sommermantel von einem Bügel, weiß mit feinen roten Streifen und weißem Kragen. »Beides zusammen paßt natürlich nicht so gut«, sagt die Verkäuferin. »Sie müßten es einzeln anprobieren.« Ganz schnell zieht sie ihn über das neue Kleid.

Lise scheint nicht zuzuhören. Sie betrachtet sich im Spiegel der Umkleidekabine, in dieser Haltung und in jener. Sie läßt den Mantel offen über das Kleid fallen. Ihre Lippen öffnen sich, und ihre Augen werden schmal; einen Moment lang atmet sie wie in Trance.

Die Verkäuferin sagt: »Über diesem Kleid

kommt der Mantel gar nicht zur Geltung, Madam.«

Lise scheint plötzlich gehört zu haben. Sie öffnet die Augen und schließt den Mund. Das Mädchen sagt: »Beides zusammen werden Sie nicht tragen können, aber der Mantel ist sehr schön über einem unifarbenen Kleid, weiß oder blau, oder für den Abend...«

»Sie passen sehr gut zusammen«, sagt Lise, zieht den Mantel aus und reicht ihn behutsam der Verkäuferin. »Ich nehme ihn, und das Kleid auch. Kürzen kann ich es selbst.« Sie greift nach ihrer Bluse und ihrem Rock und sagt zu dem Mädchen: »Das Kleid und der Mantel haben genau die richtigen Farben für mich. Sehr natürliche Farben.«

Das Mädchen sagt versöhnlich: »Entscheidend ist doch, wie Sie selbst sich darin fühlen, nicht? Sie müssen die Sachen schließlich tragen.« Lise knöpft sich mißbilligend die Bluse zu. Sie folgt dem Mädchen zur Kasse, bezahlt, wartet auf das Wechselgeld; das Mädchen gibt ihr zuerst heraus und reicht ihr dann die große Tüte mit den Neuerwerbungen. Dann öffnet Lise die Tüte so weit, daß sie hineinschauen und die Hand hineinstecken kann, um eine Ecke von dem Seidenpapier, in das jeder Artikel eingewickelt ist, abzureißen. Offenbar will sie sich überzeugen, daß sie die richtigen

Sachen bekommen hat. Das Mädchen will etwas sagen, wahrscheinlich »Alles in Ordnung?« oder »Vielen Dank, Madam, auf Wiedersehen!« oder vielleicht sogar »Keine Angst, es ist alles drin!« Doch Lise kommt ihr zuvor. Sie sagt: »Die Farben passen ausgezeichnet zusammen. Die Leute hier im Norden haben keine Ahnung von Farben. Konservativ, altmodisch. Wenn Sie wüßten! Diese Farbzusammenstellung hat für mich etwas ganz Natürliches. Etwas absolut Natürliches.« Sie wartet nicht auf eine Antwort. Sie geht nicht zum Aufzug, sondern zur abwärts führenden Rolltreppe, sie bahnt sich absichtlich einen Weg durch eine kurze Gasse von Kleidern, die auf Ständern hängen.

Am oberen Ende der Rolltreppe bleibt Lise plötzlich stehen und schaut zurück, lächelt dann, als sähe und hörte sie, womit sie gerechnet hatte. Die Verkäuferin hat sich, in der Annahme, ihre Kundin stehe schon auf der Rolltreppe, einer anderen schwarzbekittelten Verkäuferin zugewandt: »Diese ganzen Farben auf einmal!« sagt sie. »Diese unglaublichen Farben. Sie hat gemeint, sie sind ganz natürlich. Natürlich! Hier im Norden, hat sie gesagt...« Sie hält inne, als sie merkt, daß Lise sie hört und sieht. Das Mädchen tut, als hantiere sie an einem Kleid am Ständer und als spräche sie von etwas völlig anderem, ohne dabei ihren Gesichtsausdruck allzu merklich zu verändern. Lise lacht laut und fährt die Rolltreppe hinunter.

»Also, laß es dir gutgehen, Lise«, sagt die Stimme im Telefonhörer. »Schick mir eine Ansichtskarte!«

»Ja, sicher«, sagt Lise und lacht herzlich, als sie aufgelegt hat. Sie lacht immer weiter. Sie geht zum Waschbecken und füllt ein Glas mit Wasser, trinkt es glucksend aus, dann ein zweites und noch eines, sich noch immer fast verschluckend. Sie hat aufgehört zu lachen und sagt jetzt, schwer atmend, zu dem stummen Telefon: »Sicher. Ja, sicher!« Noch immer keuchend vor Erschöpfung, zieht sie den harten Klappsessel, der zu einem Bett umgebaut werden kann, heraus und schlüpft aus den Schuhen, stellt sie neben das Bett. Sie legt die große Einkaufstüte mit ihrem neuen Mantel und dem neuen Kleid in einen Schrank neben ihrem Koffer, der schon gepackt ist. Sie legt ihre Handtasche auf das Lampenbord neben dem Bett und legt sich hin.

Sie liegt mit ernstem Gesicht da, starrt zunächst auf die braune Tür aus Kiefernholz, als wollte sie durch sie hindurchsehen. Bald atmet sie wieder normal. Das Zimmer ist pedantisch aufgeräumt. Es ist eine Ein-Zimmer-Wohnung in einem Appartementhaus. Der Architekt hat seit dessen Fertigstellung Preise für die Inneneinrichtung gewonnen, im ganzen Land und weit darüber hinaus ist er bekannt geworden und für Bauherren mit bescheidenen Mitteln inzwischen nicht mehr bezahlbar. Die Linien des Zimmers sind klar; der Raum wird selbst als Formelement behandelt, eingefaßt von den gelungenen Kiefernholzlinien, die aus dem Einfallsreichtum und dem nüchternen Geschmack des Architekten resultieren, als er jung war, unbekannt, lernbegierig und prinzipienstreng. Die Gesellschaft, der das Appartementhaus gehört, weiß, was diese Innenausstattung mit Kiefer wert ist. Kiefer allein ist fast so sehr Mangelware wie der Architekt, doch bislang ist es ihnen gesetzlich nicht erlaubt, die Mieten deutlich zu erhöhen. Die Mieter haben langfristige Verträge. Lise zog ein, als das Haus gerade erst gebaut war, vor zehn Jahren also. Sie hat sehr wenig eigene Sachen mitgebracht. Man braucht auch sehr wenig, denn alle Möbel sind eingebaut, sie lassen sich für verschiedene Zwecke herrichten und sind ausklappbar. In eine Wand sind sechs Klappstühle eingebaut, falls der Mieter auf die Idee kommen sollte, zum Abendessen sechs Gäste einzuladen.

Aus dem Schreibtisch kann man einen Eßtisch machen, und wenn der Tisch nicht mehr gebraucht wird, verschwindet auch er in der kieferngetäfelten Wand, wobei die Schreibtischlampe hochgeschwenkt wird und so eine Wandlampe bildet. Das Bett ist tagsüber ein schmaler Sitzplatz mit einem hervorstehenden Bücherregal; nachts wird es zum Schlafen ausgeklappt. Lise hat eine gemusterte griechische Decke darübergelegt. Den Diwansitz hat sie mit einem groben Wollstoff bezogen. Im Gegensatz zu den anderen Mietern hat sie keine unnötigen Vorhänge vor die Fenster gehängt. Ihre Wohnung kann nicht aus der Nähe eingesehen werden, und im Sommer öffnet Lise die heruntergelassenen Jalousien nur etwas, damit Licht hereinfallen kann. Mit dem Zimmer verbunden ist eine kleine Kochnische. Auch hier ist alles so konstruiert, daß es zusammengeklappt hinter dem unlackierten Kiefernholz verstaut werden kann. Im Badezimmer braucht man ebenfalls nichts zu sehen, nichts offen herumliegen zu lassen. Die Bettfüße, die Tür, der Fensterrahmen, der Hängeschrank, der Stauraum, das Regal, der Ausziehtisch, die Klapptische - sie sind aus einem Kiefernholz, wie man es in einem bescheidenen Junggesellenappartement vielleicht nie wieder sehen wird. Lises Wohnung, in die sie nach der

Arbeit zurückkehrt, ist so sauber und aufgeräumt, als sei sie unbewohnt. Die sich wiegenden, schlanken Kiefern, mit dem Kiefernzapfenabfall zu ihren Füßen, sind in Schweigen verwandelt worden, in gehorsames Baumaterial.

Lise atmet, als schliefe sie, todmüde, doch hin und wieder öffnen sich die Augenschlitze. Ihre Hand schiebt sich zu der braunen Ledertasche auf dem Lampenbord, und sie setzt sich auf, zieht die Tasche zu sich heran. Sie stützt sich auf einen Ellbogen und leert den Inhalt auf dem Bett aus. Sie hebt die Gegenstände der Reihe nach auf, prüft sie sorgfältig und legt sie wieder zurück; da ist ein gefalteter Umschlag vom Reisebüro mit ihrem Flugticket, eine Puderdose, ein Lippenstift, ein Kamm. Dann ein Schlüsselbund. Sie lächelt, ihre Lippen sind geöffnet. An dem Metallring hängen sechs Schlüssel, zwei Sicherheitsschlüssel, ein Schlüssel, der zu einem Schrank oder zu einer Kommode passen könnte, ein kleiner Silbermetallschlüssel der Art, wie er meist zu Reißverschlußtaschen gehört, sowie zwei Autoschlüssel. Lise nimmt die Autoschlüssel vom Ring und legt sie beiseite; die übrigen legt sie in ihre Tasche. Ihren Paß, in seiner durchsichtigen Plastikhülle, steckt sie wieder in die Tasche. Mit zusammengepreßten Lippen bereitet sie ihre Abreise für den nächsten Tag vor. Sie packt den neuen Mantel und das neue Kleid aus und hängt beides auf Bügel.

Am nächsten Morgen zieht sie sie an. Sobald sie fertig ist, wählt sie eine Telefonnummer und betrachtet sich im Spiegel, der in der Kiefernholztäfelung, die ihn umgibt, noch nicht wieder verschwunden ist. Eine Stimme antwortet, und Lise berührt ihr hellbraunes Haar, während sie spricht. »Margot, ich fahre jetzt los«, sagt Lise. »Ich stecke deine Autoschlüssel in einen Briefumschlag und lasse sie unten beim Portier, ja?«

Die Stimme sagt: »Danke. Schöne Ferien! Mach's gut! Schick mir eine Karte!«

»Ja, sicher, Margot.«

»Sicher«, sagt Lise, nachdem sie den Hörer aufgelegt hat. Sie nimmt einen Umschlag aus einer Schublade, schreibt einen Namen darauf, steckt die beiden Autoschlüssel hinein und verschließt ihn. Dann bestellt sie ein Taxi, trägt ihren Koffer in das Treppenhaus, nimmt ihre Handtasche und den Umschlag und verläßt die Wohnung.

Im Erdgeschoß bleibt sie am Fenster der holzgetäfelten Portiersloge stehen. Lise klingelt und wartet. Niemand erscheint, aber draußen ist das Taxi vorgefahren. Lise ruft dem Fahrer »Komme gleich!« zu und zeigt auf ihren Koffer, den der Taxifahrer holt. Während er ihn vorne im Taxi verstaut, taucht hinter Lise eine Frau in braunem Overall auf. »Sie wünschen?«

Lise dreht sich rasch um. Sie hält den Briefumschlag in der Hand und will gerade anfangen zu sprechen, als die Frau sagt: »Ach du liebes bißchen, was für Farben!« Sie betrachtet Lises offenen rot-weiß-gestreiften Mantel und das bunte Kleid darunter, die lila, orangefarbenen und blauen V-Muster auf dem Rock und das gelbe Oberteil. Die Frau lacht schallend wie jemand, der nichts zu gewinnen hat, wenn er sein Amüsement versteckt. Sie lacht und öffnet die Kiefernholztür der Portiersloge; drinnen schiebt sie das Fenster hoch und lacht Lise laut ins Gesicht. Sie fragt: »Wollen Sie zum Zirkus?« Dann wirft sie den Kopf wieder zurück, sieht durch halb geschlossene Lider auf Lises Sachen und gibt ein hohes, stoßartiges, rauhes Gossenlachen von sich, wobei sie ihre Brüste in den Händen hält, um ihnen das Wippen zu ersparen. Lise sagt, ruhig und würdevoll: »Sie sind unverschämt.« Doch die Frau lacht wieder, jetzt nicht mehr spontan, sondern gehässig und bewußt laut, als wollte sie ihr unter die Nase reiben, daß Lise gewöhnlich sehr knauserige Trinkgelder gibt, dem Portier vielleicht sogar noch nie ein Trinkgeld gegeben hat.

Lise geht ruhig hinaus zum Taxi, in der Hand

noch immer den Umschlag mit den Autoschlüsseln. Während des Gehens betrachtet sie diesen Umschlag; ob sie es absichtlich unterließ, ihn in der Portiersloge abzugeben, oder weil das Gelächter der Frau sie abgelenkt hatte, war aus ihrem heiteren Gesicht mit den leicht geöffneten Lippen nicht abzulesen. Die Frau tritt vor die Haustür und gibt Laute von sich wie ein brauner Lachgasbehälter, bis das Taxi ihren Blicken entschwunden ist.

2

Lise ist dünn. Sie ist etwa einssiebzig groß. Ihre Haare sind hellbraun, wahrscheinlich gefärbt, wobei sich eine besonders helle Strähne von der Mitte ihres Haaransatzes bis zum höchsten Punkt ihres Kopfes zieht. Ihre Haare sind seitlich und hinten kurz geschnitten und nach oben frisiert. Sie könnte erst neunundzwanzig oder schon sechsunddreißig sein, aber kaum jünger, kaum älter. Sie ist am Flughafen angekommen, sie bezahlt den Taxifahrer rasch, auf dem Gesicht einen Ausdruck unbestimmter Sehnsucht, am liebsten wäre sie jetzt irgendwo anders. Genauso wirkt sie auf den Gepäckträger, der ihre Tasche nimmt und ihr zum Schalter folgt. Sie scheint ihn nicht zu sehen.

Vor ihr warten zwei Menschen. Lises Augen stehen weit auseinander, blaugrau und stumpf. Ihre Lippen sind ein Strich. Sie ist weder hübsch noch häßlich. Ihre Nase ist kurz und breiter als auf dem Foto, das, halb Phantombild, halb richtige Fotografie, bald in den Zeitungen in vier verschiedenen Sprachen veröffentlicht werden wird.

Lise betrachtet die zwei Menschen vor ihr, erst die Frau und dann den Mann, beugt sich dabei zur einen und dann zur anderen Seite, entweder um in den Halbprofilen, die sich ihr bieten, ein bekanntes Gesicht zu entdecken, oder um sich durch die Blicke und Bewegungen von ihrer Nervosität zu befreien.

Als Lise an der Reihe ist, hebt sie ihr Gepäck auf die Waage und schiebt so schnell wie möglich dem Angestellten ihr Ticket hin. Während er es prüft, dreht sie sich um und starrt das Paar an, das nun hinter ihr wartet. Sie sieht beiden ins Gesicht, wendet sich dann wieder dem Angestellten zu, unbeeindruckt von den Blicken, die die beiden ihr zuwerfen als einmütige Reaktion auf Lises bunte Kleidung.

»Haben Sie noch Handgepäck?« fragt der Angestellte und späht über den Schalter.

Lise lächelt affektiert, schiebt die oberen Zähne ein wenig über die Unterlippe und holt Luft.

»Irgendwelches Handgepäck?« Der geschäftige junge Angestellte guckt sie an, als wollte er sagen »Was ist denn mit Ihnen los?« Und Lise antwortet mit einer Stimme, die anders klingt als die, mit der sie gestern mit der Verkäuferin sprach, bei der sie ihre entsetzlichen Sachen kaufte, und die sie am Telefon hatte und als sie frühmorgens mit der Frau vor der Portiersloge sprach. Jetzt spricht sie mit einer Kleinmädchenstimme, die diejenigen, die in Hörweite sind, wohl für ihre normale Stimme halten, auch wenn sie unangenehm ist. Lise sagt: »Ich habe nur meine Handtasche dabei. Ich halte viel vom Reisen mit leichtem Gepäck, weil ich viel unterwegs bin und weiß, wie schlimm es ist, wenn man großes Handgepäck mitnimmt und die Nachbarn im Flugzeug nicht wissen, wohin mit den Füßen.«

Der Angestellte seufzt, schürzt die Lippen, schließt die Augen, stützt das Kinn in die Hände und den Ellbogen auf den Tisch, alles in einer einzigen Bewegung. Lise wendet sich an das Paar hinter ihr. Sie sagt: »Wenn Sie soviel reisen wie ich, dann müssen Sie mit leichtem Gepäck reisen. Ich sage Ihnen, fast hätte ich überhaupt kein Gepäck mitgenommen, weil man alles, was man braucht, auch anderswo bekommt. Den Koffer hier habe ich nur deswegen mitgenommen, weil der Zoll Verdacht schöpft, wenn man ohne Gepäck ein- und ausreist. Sie glauben, man schmuggelt Rauschgift und Diamanten unter der Bluse, also habe ich die üblichen Sachen für einen Urlaub zusammengepackt, aber es war alles ziemlich unnötig, wie Sie noch verstehen werden, wenn Sie im Laufe der Jahre soviel herumgekommen sind, sich in vier Sprachen auskennen und wissen, was Sie tun...«

»Hören Sie«, sagt der Angestellte, während er sich aufrichtet und ihr Ticket stempelt. »Sie halten die Leute auf. Wir haben viel zu tun.«

Lise wendet sich von dem verdutzt aussehenden Paar wieder dem Angestellten zu, der ihr ihr Tikket und die Bordkarte zuschiebt. »Ihre Bordkarte«, sagt er. »Ihr Flug wird in fünfundzwanzig Minuten aufgerufen. Der Nächste bitte.«

Lise nimmt ihre Papiere und entfernt sich, als sei sie in Gedanken schon bei der nächsten Formalität für den Abflug. Sie steckt das Ticket in ihre Tasche, nimmt ihren Paß heraus, schiebt die Bordkarte hinein und geht direkt zu den Schaltern der Paßkontrolle. Und es scheint fast, als sei Lise befriedigt darüber, daß sie ihre Anwesenheit auf dem Flughafen unter den Tausenden von Reisenden deutlich gemacht hat. Als habe sie eine kleine, aber sehr wichtige Sache erledigt. Sie geht auf den Beamten zu, reiht sich in die Schlange ein und händigt ihren Paß aus. Und jetzt, nachdem sie ihren Paß wieder zurückbekommen hat, schiebt sie sich durch die Tür in die Abflughalle. Sie geht bis zum Ende der Halle, macht dann kehrt und geht wieder zurück. Sie ist weder hübsch noch häßlich. Ihre Lippen sind ein wenig geöffnet. Sie bleibt stehen, um einen Blick auf die Anzeigetafel zu werfen, geht dann weiter. Die Menschen um sie herum sind meist zu sehr mit ihren Einkäufen und mit ihren Flugnummern beschäftigt, um Lise zu bemerken, aber die, die neben Handgepäck und Kindern auf den Ledersesseln sitzen und darauf warten, daß ihr Flug aufgerufen wird, schauen sie an, während sie vorbeigeht, registrieren wortlos die verrückten Farben ihres rot-weiß gestreiften Mantels, der locker über ihrem Kleid hängt, das gelbe Oberteil, der Rock in Orange, Lila und Blau. Sie schauen sie, während sie vorbeigeht, genauso an, wie sie die Mädchen anschauen, deren Röcke besonders kurz sind oder die Männer, die knapp sitzende blumengemusterte oder durchsichtige Hemden tragen. Unter ihnen fällt Lise nur durch ihre eigentümliche Farbkombination auf, die damit kontrastiert, daß ihre Röcke seit Jahren altmodisch lang sind; sie bedecken die Knie, wie die luftigen Kleider vieler anderer, aber geschmackvoller gekleideter Reisenden, von denen es in der Abflughalle wimmelt. Lise steckt ihren Paß in ihre Tasche und hält ihre Bordkarte in der Hand.

Am Zeitungskiosk bleibt Lise stehen, sieht auf ihre Uhr und fängt an, sich die Taschenbuchständer anzusehen. Eine weißhaarige, hochgewachsene Frau sieht sich die gebundenen Bücher an, die auf einem Tisch gestapelt sind. Sie blickt auf und sagt zu Lise, auf die Taschenbücher zeigend: »Gibt es dort etwas überwiegend in Rot, Grün oder Beige?«

»Wie bitte?« sagt Lise höflich in einem ausländisch gefärbten Englisch. »Was suchen Sie?«

»Oh«, sagt die Frau, »ich dachte, Sie sind Amerikanerin.«

»Nein, aber ich kann mich in vier Sprachen zumindest verständlich machen.«

»Ich bin aus Johannesburg«, sagt die Frau. »Ich habe ein Haus in Jo'burg und ein zweites in Sea Point am Kap. Mein Sohn, er ist Rechtsanwalt, hat eine Wohnung in Jo'burg. In jeder unserer drei Wohnungen gibt es Gästezimmer, also zweimal Grün, zweimal Rot, dreimal Beige, und ich versuche gerade, Bücher zu finden, die farblich passen. Ich sehe aber keine in genau diesen Pastelltönen.«

»Sie sollten es mit englischen Büchern probieren«, sagt Lise. »Ich glaube, englische Bücher finden Sie dort drüben im vorderen Teil des Ladens.«

»Dort habe ich schon nachgesehen und meine Farben nicht gefunden. Sind das hier keine englischen Bücher?«

Lise sagt: »Nein. Und sowieso sind alle sehr kräftig in den Farben.« Dann lächelt sie und beginnt, die Lippen geöffnet, rasch die Taschenbücher durchzugehen. Sie greift eines heraus, hellgrüne Buchstaben auf weißem Grund, und der Name des Autors ist so gestaltet, daß er wie blaue Blitze aussieht. Mitten auf dem Umschlag sind ein brauner Junge und ein braunes Mädchen abgebildet, nur mit Sonnenblumengirlanden bekleidet. Lise bezahlt, während die weißhaarige Frau sagt: »Diese Farben sind zu stark für mich. Ich finde nichts.«

Lise hält das Buch gegen ihren Mantel, kichert munter und schaut zu der Frau hin, als wollte sie sehen, ob ihr Kauf Anerkennung findet.

»Sie machen Urlaub?« fragt die Frau.

»Ja. Mein erster seit drei Jahren.«

»Sie reisen viel?«

»Nein. Ich habe so wenig Geld. Aber jetzt reise ich in den Süden. Ich war schon einmal dort, vor drei Jahren.«

»Also dann, hoffentlich haben Sie eine schöne Zeit. Eine sehr schöne Zeit. Sie sehen sehr fröhlich aus.«

Die Frau hat große Brüste, sie trägt einen hellroten Sommermantel und ein hellrotes Kleid. Sie lächelt und ist liebenswürdig, flüchtig vertraut mit Lise, und sie hat nicht die geringste Ahnung, daß schon sehr bald, nach anderthalb Tagen des Zögerns und nach einem langen mitternächtlichen Telefongespräch mit ihrem Sohn, dem Anwalt in Johannesburg, der ihr davon abrät, sie sich trotzdem melden und alles wiederholen wird, woran sie sich erinnert, und alles, woran sie sich nicht erinnert, und alle Einzelheiten, die sie für wahr hält, und all jene, die wahr sind; Einzelheiten ihrer Unterhaltung mit Lise, nachdem sie in den Zeitungen gelesen hat, daß die Polizei herausfinden will, wer Lise ist und wem sie, wenn überhaupt, auf ihrer Reise begegnet ist und was sie gesagt hat.

»Sehr fröhlich«, sagte diese Frau nachsichtig zu Lise und schmunzelt über Lises bunte Aufmachung.

»Ich hoffe, es wird eine fröhliche Zeit«, sagt Lise.

»Sie haben einen jungen Freund?«

»Ja, ich habe einen Freund.«

»Ist er denn nicht bei Ihnen?«

»Nein. Ich werde ihn finden. Er wartet schon auf mich. Vielleicht sollte ich im Duty-free-Shop ein Geschenk für ihn kaufen.«

Sie gehen in Richtung Anzeigetafel. »Ich fliege nach Stockholm. Ich muß noch eine Dreiviertelstunde warten«, sagt die Frau.

Lise schaut gerade auf die Tafel, als sich die Lautsprecherstimme durch das allgemeine Gemurmel kämpft. Lise sagt: »Das ist mein Flug. Ausgang vierzehn.« Sie setzt sich in Bewegung, die Augen in die Ferne gerichtet, als hätte es die Frau aus Johannesburg nie gegeben. Auf dem Weg zu Ausgang vierzehn bleibt Lise stehen, um einen Blick in den Souvenirladen zu werfen. Sie betrachtet die Puppen in Folklorekostüm und die Korkenzieher. Dann greift sie zu einem Brieföffner aus messingfarbenem Metall, der wie ein Krummsäbel geformt ist, mit eingelassenen bunten Steinen. Sie nimmt das Messer aus seiner gebogenen Scheide und prüft mit großem Interesse Klinge und Spitze. »Wieviel?« fragt sie die Verkäuferin, die gerade jemand anderes bedient. Das Mädchen sagt ungeduldig und unwillig zu Lise: »Der Preis steht auf dem Etikett.«

»Zu teuer. Da unten bekomme ich es billiger«, sagt Lise und legt es hin.

»Die Duty-free-Shops haben alle feste Preise«, ruft das Mädchen hinter Lise her, die schon auf Ausgang vierzehn zusteuert.

Eine kleine Gruppe hat sich versammelt und wartet darauf, an Bord zu gehen. Mehr und mehr Menschen schlendern oder eilen – je nach Temperament – auf die Gruppe zu. Lise betrachtet ihre Mitreisenden einen nach dem anderen sehr genau, aber so, daß sie nicht auf sie aufmerksam werden.

Sie geht hin und her, wie auf träumerischen Füßen und Beinen, doch ihre Augen zeigen deutlich, daß sie nicht träumt, während sie jedes Gesicht in sich aufnimmt. Jedes Kleid, jeder Anzug, alle Blusen, Bluejeans, jedes Stück Handgepäck, jede Stimme werden sie auf ihrem Flug begleiten, der jetzt für Ausgang vierzehn aufgerufen wird.

3

Sie wird morgen früh tot aufgefunden werden, mit mehreren Stichwunden, die Handgelenke mit einem Seidenschal und die Knöchel mit einer Krawatte gefesselt; auf dem Grundstück einer leerstehenden Villa, in einem Park der ausländischen Stadt, in die sie das Flugzeug bringt, das jetzt für Ausgang vierzehn aufgerufen wird.

Lise überquert mit ihren ziemlich langen Schritten das Vorfeld in Richtung Flugzeug, geht dabei dicht hinter dem Mitreisenden, an den zu halten sie sich nun offenbar entschlossen hat. Ein kräftiger junger Mann, rosiges Gesicht, etwa dreißig; er hat einen dunklen Anzug an und trägt eine schwarze Aktentasche. Lise folgt ihm entschlossen, bedacht darauf, jedem anderen Reisenden, der sich unabsichtlich zwischen sie und diesen Mann schieben könnte, den Weg zu verbauen. Dicht hinter Lise, fast genau neben ihr, geht unterdessen ein Mann, der wiederum ihre Nähe zu suchen scheint. Erfolglos bemüht er sich, ihre Aufmerksamkeit zu erregen. Er ist Brillenträger, jung, dunkel, langnasig, schlaksig, lächelt andeutungsweise. Er trägt ein kariertes Hemd und eine beigefarbene Cordhose. Ein Fotoapparat hängt über seiner Schulter, ein Mantel über seinem Arm.

Sie steigen die Treppe hoch, der rosig-glänzende Geschäftsmann, ihm auf den Fersen Lise und auf den ihren der Mann, der noch hungriger aussieht. Die Treppe hoch und hinein ins Flugzeug. Die Stewardeß an der Tür sagt Guten Morgen, während ein Steward weiter hinten im Gang der Touristenklasse die sich voranschiebende Schlange aufhält und einer jungen Frau mit zwei kleinen Kindern hilft, ihre Mäntel in der Gepäckablage zu verstauen. Schließlich ist der Weg frei. Lises Geschäftsmann findet auf der rechten Seite in einer Dreierreihe einen Fensterplatz. Lise nimmt den mittleren Platz daneben, links von ihm, während der schlanke Habicht rasch seinen Mantel in die Ablage wirft, seine Kamera dort unterbringt und sich neben Lise auf den Gangplatz setzt.

Lise fängt an, nach ihrem Gurt zu tasten. Zuerst sucht sie auf der rechten Seite, zwischen ihrem Sitz und dem des Mannes im dunklen Anzug. Gleichzeitig nimmt sie das linke Gurtteil auf. Das Schloß, das sie rechts findet, gehört aber ihrem Nachbarn. Sie versucht, es mit dem linken Schloß zu verbinden, aber es paßt nicht. Der dunkelgekleidete Nachbar, der ebenfalls nach seinem Gurt sucht, runzelt die Stirn, als er merkt, daß Lise das falsche Ende erwischt hat, und gibt einen unverständlichen Laut von sich. Lise sagt: »Ich glaube, ich habe Ihren.«

Er holt das Ende hervor, das zu Lises Gurt gehört. Sie sagt: »O ja, entschuldigen Sie vielmals.« Sie kichert, und er lächelt steif, hört auf zu lächeln, legt entschlossen seinen Gurt an und sieht dann aus dem Fenster auf den Flugzeugflügel, dessen rechteckig gemusterte Fläche silbrig glänzt.

Lises Nachbar zur Linken lächelt. Über Lautsprecher werden die Passagiere gebeten, sich anzuschnallen und das Rauchen einzustellen. Die braunen Augen ihres Bewunderers sind warm, sein Lächeln, so breit wie seine Stirn, scheint fast über das ganze hagere Gesicht zu reichen. Lise sagt mit gut hörbarer Stimme: »Sie sehen aus wie Rotkäppchens Großmutter. Wollen Sie mich auffressen?«

Die Triebwerke heulen auf. Lises Nachbar mit den in die Breite gezogenen Lippen stößt ein tiefes, zufriedenes Lachen aus und klatscht Lise applaudierend auf die Knie. Plötzlich sieht Lises anderer Nachbar sie erschrocken an. Die Aktentasche auf dem Schoß, die Hand im Begriff, einen Stapel

Papiere herauszuholen, starrt er Lise an, als habe er sie erkannt. Etwas an ihr, an ihrem Wortwechsel mit dem Mann zu ihrer Linken hat ihn, während er einige Papiere aus seiner Aktentasche hervorholte, in eine Art Lähmung versetzt. Er öffnet den Mund, schnappt verblüfft nach Luft, starrt Lise an, als wäre sie jemand, den er gekannt und vergessen hat und nun wiedersieht. Sie lächelt ihn an. Es ist ein Lächeln der Erleichterung und der Freude. Seine Hand bewegt sich wieder, stopft die Papiere, die er halb aus der Aktenmappe gezogen hat, rasch wieder zurück. Zitternd schnallt er sich los, greift nach seiner Mappe, scheint sich von seinem Sitz erheben zu wollen.

Am Abend des folgenden Tages wird er, durchaus wahrheitsgemäß, der Polizei erklären:

»Das erste Mal habe ich sie auf dem Flughafen gesehen. Dann im Flugzeug. Sie saß neben mir.«

»Sie haben sie vorher nie gesehen? Sie kannten sie nicht?«

»Absolut nicht, nein.«

»Worüber haben Sie sich im Flugzeug unterhalten?«

»Nichts. Ich habe mir einen anderen Platz gesucht. Ich hatte Angst.«

»Angst?«

»Ja, ich fürchtete mich. Ich habe mich woanders hingesetzt, weg von ihr.«

»Wovor hatten Sie denn Angst?«

»Ich weiß es nicht.«

»Warum haben Sie sich genau in diesem Augenblick woanders hingesetzt?«

»Ich weiß nicht. Ich muß wohl etwas geahnt haben.«

»Was hat sie zu Ihnen gesagt?«

»Nicht viel. Sie hat ihren Gurt mit meinem verwechselt. Dann sprach sie mit dem Mann auf dem Gangplatz.«

Jetzt, während das Flugzeug zur Startbahn rollt, steht er auf. Lise und der Mann auf dem Gangplatz sehen zu ihm auf, überrascht durch die Abruptheit seiner Bewegungen. Ihre Gurte halten sie auf ihren Sitzen fest, und sie können ihm nicht sofort Platz machen, als er an ihnen vorbei will. Lise sieht für einen Augenblick etwas senil aus, als verspüre sie, neben der Verwirrung, ein Gefühl der Niederlage oder körperlicher Behinderung. Es scheint, als wolle sie jeden Moment in Tränen ausbrechen oder gegen die gnadenlose Vereitelung ihres Vorhabens protestieren. Aber eine Stewardeß, die den stehenden Mann sieht, ist von ihrem Platz an der Eingangstür aufgestanden und kommt rasch den

Gang hinuntergelaufen. Sie sagt: »Wir starten. Bitte bleiben Sie sitzen und schnallen Sie sich an!«

Der Mann sagt mit einem ausländischen Akzent: »Entschuldigen Sie bitte. Ich möchte einen anderen Platz.« Er beginnt, sich an Lise und ihrem Nachbarn vorbeizudrücken.

Die Stewardeß nimmt offenbar an, daß der Mann dringend zur Toilette muß, bittet die beiden, aufzustehen, um ihn vorbeizulassen, und sich dann möglichst schnell wieder hinzusetzen. Sie lösen die Gurte, treten in den Gang hinaus, und er eilt davon, ihm voran die Stewardeß. Er geht nicht bis zu den Toilettenkabinen. An einem freien Mittelsitz, auf dem die Passagiere links und rechts davon – ein weißhaariger dicker Mann und eine junge Frau – Handgepäck und Zeitschriften abgelegt haben, bleibt er stehen. Er schiebt sich an der Frau, die außen sitzt, vorbei und bittet sie, das Gepäck wegzunehmen. Er hebt es selbst hoch, mit zitternden Händen, seine Robustheit und Kraft ist mit einemmal verschwunden. Die Stewardeß dreht sich um, will protestieren, doch die beiden haben ihm den Platz schon bereitwillig freigemacht. Er setzt sich, schnallt sich an, ignoriert die Stewardeß, ihre tadelnd-fragenden Blicke, und stößt einen tiefen Seufzer aus, als sei er dem Tod nur um Haaresbreite entronnen.

Lise und ihr Begleiter haben die Szene beobachtet. Lise lächelt bitter. Der dunkle Mann neben ihr sagt: »Was hat er bloß?«

»Er konnte uns nicht leiden«, sagt Lise.

»Was haben wir ihm denn getan?«

»Nichts. Gar nichts. Er muß verrückt sein. Er muß plemplem sein.«

Das Flugzeug hält nun kurz an, bevor die Motoren zum Start voll aufgedreht werden. Die Triebwerke donnern, und das Flugzeug rollt los, steigt und steigt. Lise sagt zu ihrem Nachbarn: »Was er wohl für ein Mensch ist?«

»Irgendein Spinner«, sagt der Mann. »Aber um so besser für uns, da können wir uns bekanntmachen.« Seine sehnige Hand greift nach der ihren. »Ich heiße Bill«, sagt er. »Wie heißen Sie?«

»Lise.« Sie läßt ihn ihre Hand halten, als merkte sie es nicht. Sie reckt den Hals, um über die Köpfe der vor ihr Sitzenden hinwegzusehen, und sagt: »Dort sitzt er und liest Zeitung, als wäre nichts passiert.«

Die Stewardeß verteilt Zeitungen. Ein Steward, der hinter ihr den Gang entlanggekommen ist, bleibt an der Reihe stehen, in der der Mann in dunklem Anzug sitzt und seelenruhig die Titelseite seiner Zeitung studiert. Der Steward fragt ihn, ob jetzt alles in Ordnung ist.

Der Mann blickt mit einem verlegenen Lächeln auf und entschuldigt sich schüchtern.

»Ja. Tut mir leid...«

»Hatten Sie irgendwelche Probleme, Sir?«

»Nein, wirklich nicht. Bitte. Es ist alles in Ordnung jetzt, vielen Dank. Tut mir leid...es war nichts, wirklich nichts.«

Der Steward fügt sich, die Augenbrauen leicht erhoben, in die zufällige Laune eines Passagiers und geht weiter. Das Flugzeug zieht brummend seine Bahn. Die Rauchen-Verboten-Zeichen gehen aus, und über Lautsprecher kommt die Bestätigung, daß die Passagiere sich jetzt losschnallen und rauchen dürfen.

Lise löst ihren Gurt und rückt hinüber auf den leeren Fensterplatz.

»Ich wußte es«, sagt sie. »Irgendwie wußte ich, daß etwas mit ihm nicht in Ordnung war!«

Bill setzt sich auf den Platz neben ihr und sagt: »Er hatte überhaupt nichts. Bloß ein Anfall von Puritanismus. Er war unbewußt eifersüchtig, als er sah, wie gut wir uns verstanden, und spielte den Empörten, als ob wir etwas Unanständiges getan hätten. Vergessen Sie ihn! Wahrscheinlich ist er Angestellter in einem Versicherungsbüro, so wie er aussieht. Ein unangenehmer kleiner Bürokrat. Beschränkt. Er war nicht Ihr Typ.«

»Woher wollen Sie das wissen?« sagt Lise schnell, als reagiere sie nur auf Bills Gebrauch der Vergangenheitsform, und wie um dem entgegenzuwirken, um zu demonstrieren, daß der Mann weiterhin für sie existiert, erhebt sie sich halb, um einen Blick auf den Kopf des Unbekannten zu werfen, acht Reihen weiter vorn auf dem Mittelsitz, auf der anderen Seite des Gangs, ruhig über seine Lektüre gebeugt.

»Setzen Sie sich«, sagt Bill. »Mit diesem Typen haben Sie doch nichts zu tun. Er hatte Angst vor Ihrer psychedelischen Kleidung. Furchtbare Angst.«

»Glauben Sie?«

»Ja. Im Gegensatz zu mir.«

Die Stewardessen kommen den Gang entlang mit Imbißtabletts, von denen sie Häppchen an die Passagiere verteilen. Lise und Bill klappen die Tischchen vor sich herunter, um ihr Tablett in Empfang zu nehmen. Es ist ein vormittäglicher Allerweltsimbiß, bestehend aus Salami auf grünem Salat, zwei grünen Oliven, einer zusammengerollten Scheibe Kochschinken, gefüllt mit Kartoffelsalat und einem kleinen gurkenähnlichen Etwas, alles auf einer Scheibe Brot arrangiert. Ferner gibt es ein rundes Stück Kuchen, gefüllt mit Vanille- und Schokoladekrem, sowie eine Ecke

Schmierkäse, eingewickelt in Stanniolpapier, und in Zellophan eingewickelte Cracker. Und auf jedem Tablett steht eine leere Plastiktasse.

Lise nimmt von ihrem Tablett die durchsichtige Plastiktüte, in die das Eßbesteck steril verpackt ist. Sie prüft die Klinge des Messers. Sie drückt zwei Finger gegen die Zinken der Gabel. »Nicht sehr scharf«, sagt sie.

»Braucht man sowieso nicht«, sagt Bill. »Dieses Essen ist entsetzlich.«

»Och, es sieht ganz gut aus. Ich habe Hunger. Ich habe zum Frühstück bloß eine Tasse Kaffee getrunken. Ich hatte keine Zeit.«

»Sie können meines auch haben«, sagt Bill. »Ich achte so gut es geht auf vernünftige Ernährung. Dieses Zeug ist Gift, voller Schadstoffe und Chemie. Es ist viel zu sehr Yin.«

»Ich weiß«, sagt Lise. »Aber für einen Imbiß im Flugzeug...«

»Wissen Sie, was Yin ist?« fragt er.

Sie sagt: »Tja also...« mit etwas verlegenem Ausdruck, »aber es ist ja nur ein Imbiß, nicht?«

»Sie wissen also, was Yin ist?«

»Na, so etwas Ähnliches wie das hier – alles bunt durcheinander.«

»Nein, Lise«, sagt er.

»Es ist eine Art Modewort, nicht? Man sagt,

etwas ist ein bißchen zu Yin ... « Offenkundig tappt sie im Dunkeln.

»Yin«, sagt Bill, »ist das Gegenteil von Yang.«

Sie kichert, erhebt sich halb, fängt an, mit den Augen nach dem Mann zu suchen, an den sie immer noch denkt.

»Ich meine es ernst«, sagt Bill und zieht sie unsanft auf ihren Sitz zurück. Sie lacht und fängt an zu essen.

»Yin und Yang sind Denkweisen«, sagt er. »Yin steht für den Weltraum. Seine Farbe ist Purpurrot. Sein Element ist das Wasser. Es ist nach außen gewandt. Diese Salami ist Yin, und diese Oliven sind Yin. Sie sind voller Giftstoffe. Haben Sie schon mal von makrobiotischer Ernährung gehört?«

»Nein, was ist das?« sagt sie und schneidet in das Salami-Sandwich.

»Sie müssen noch eine Menge lernen. Reis, unpolierter Reis, ist die Grundlage der Makrobiotik. Nächste Woche werde ich in Neapel ein Zentrum eröffnen. Es ist eine reinigende Diät. Körperlich, geistig und seelisch.«

»Reis kann ich nicht ausstehen«, sagt Lise.

»Nein, das glauben Sie nur. Wer Ohren hat, der höre.« Er lächelt sie breit an, er atmet ihr ins Gesicht und berührt ihr Knie. Sie ißt unbeirrt weiter. »Ich gehöre dieser Bewegung als Lehrer an«, sagt er.

Die Stewardeß kommt mit zwei großen Metallkannen. »Tee oder Kaffee?« »Kaffee«, sagt Lise und hält ihre Plastiktasse hin, den Arm an Bill vorbeigestreckt. Dann fragt die Stewardeß: »Und für Sie, Sir?«

Bill hält die Hand über seine Tasse und schüttelt würdevoll den Kopf.

»Wollen Sie nichts essen, Sir?« fragt die Stewardeß mit einem Blick auf Bills unangerührtes Tablett.

»Danke nein«, sagt Bill.

Lise sagt: »Ich werde es essen. Zumindest etwas.«

Gleichgültig wendet sich die Stewardeß der nächsten Reihe zu.

»Kaffee ist Yin«, sagt Bill.

Lise schaut auf sein Tablett. »Sie wollen dieses Sandwich bestimmt nicht essen? Es schmeckt hervorragend. Ich werde es aufessen, wenn Sie nicht wollen. Wir haben schließlich dafür bezahlt, nicht?«

»Bedienen Sie sich«, sagt er. »Sie werden Ihre Eßgewohnheiten aber schon bald umstellen, jetzt, wo wir uns kennengelernt haben.«

»Was essen Sie eigentlich, wenn Sie im Ausland

unterwegs sind?« sagt Lise, während sie sein Tablett gegen das ihre vertauscht und nur ihre Kaffeetasse behält.

»Ich habe meine Diät immer dabei. Ich esse nur dann in Restaurants und Hotels, wenn es nicht anders geht. Und wenn, dann suche ich mir den Ort sehr genau aus. Ich gehe dorthin, wo ich vielleicht etwas Fisch bekommen kann und Reis und vielleicht ein bißchen Ziegenkäse. Das ist Yang. Käse, Butter, Milch, überhaupt alles, was von der Kuh kommt, ist zu sehr Yin. Man wird zu dem, was man ißt. Iß von der Kuh, und du wirst eine Kuh.«

Eine Hand, mit einem Stück weißen Papier wedelnd, schiebt sich von hinten zwischen die beiden.

Sie drehen sich um, um zu sehen, was ihnen da angeboten wird. Bill greift nach dem Zettel. Es ist das Flugbulletin, das die Passagiere über Flughöhe, Reisegeschwindigkeit und gegenwärtige geographische Position informiert und nach dem Lesen weitergegeben werden soll.

Lise schaut sich noch immer um, nachdem sie das Gesicht hinter ihr gesehen hat. Auf dem Fensterplatz, neben einer molligen Frau und einem jungen Mädchen, sitzt ein Mann, dem offenbar schlecht ist, die gelb-braunen, wäßrigen Augen liegen tief in den Höhlen, das Gesicht ist grünlich und bleich. Er war es, der den Zettel nach vorne gereicht hatte. Lise guckt, die Lippen ein wenig geöffnet, und legt die Stirn in Falten, als wollte sie herausfinden, wer der Mann sei. Verlegen sieht er weg, zuerst aus dem Fenster, dann zu Boden. Die Frau verändert ihren Gesichtsausdruck nicht, doch das Mädchen deutet Lises Blick als an den Mann gerichtete Frage und sagt: »Es ist bloß das Flugbulletin.« Aber Lise starrt weiter. Der elend aussehende Mann sieht seine Nachbarinnen an und dann seine Knie, und Lises Blick scheint ihm keine Linderung zu verschaffen.

Ein Stupser von Bill beruhigt Lise fürs erste, während sie sich wieder umdreht. Er sagt: »Es ist bloß das Flugbulletin. Wollen Sie mal sehen?« Und da Lise nicht antwortet, reicht er das Blatt nach vorne, hält es den Leuten unter die Nase, bis sie es ihm abnehmen.

Lise macht sich an ihren zweiten Imbiß. »Wissen Sie, Bill«, sagt sie, »ich glaube, Sie hatten recht mit diesem Verrückten, der sich einen anderen Platz gesucht hat. Er war überhaupt nicht mein Typ, und ich war nicht sein Typ. Ich meine, rein interessemäßig, weil ich ihn überhaupt nicht zur Kenntnis genommen habe, und ich lege es nicht darauf an, Fremde anzusprechen. Aber Sie haben gesagt, daß er nicht mein Typ ist, und ich kann Ihnen versichern, wenn er geglaubt hat, ich würde mich an ihn heranmachen, dann hat er sich natürlich geirrt.«

»Ich bin Ihr Typ«, sagt Bill.

Sie nippt von ihrem Kaffee und blickt sich um, sieht durch die Lücke zwischen den Sitzlehnen den Mann hinter ihr. Er starrt nach vorne mit glasigen und recht unruhigen Augen, die viel zu weit geöffnet sind, um irgendetwas anderes auszudrücken als eine Art geistiger Abwesenheit. Er sieht Lise nicht an, während sie ihn jetzt beobachtet, und falls doch, so hat er sich über Unsicherheit und Verlegenheit offenbar schnell hinweggesetzt.

Bill sagt: »Sehen Sie mich an und nicht ihn!«

Sie wendet sich wieder Bill zu, mit einem liebenswürdigen und um Nachsicht bittenden Lächeln. Die Stewardessen kommen und sammeln mit geübtem Griff die Tabletts ein, eins auf das andere packend. Nachdem ihre Tabletts eingesammelt sind, klappt Bill zuerst Lises und dann seinen Tisch hoch und hakt sich bei ihr ein.

»Ich bin Ihr Typ«, sagt er, »und Sie sind meiner. Haben Sie vor, bei Freunden zu wohnen?«

»Nein, aber ich muß mich mit jemandem treffen.«

»Keine Aussicht, daß wir uns mal treffen? Wie lange wollen Sie in der Stadt bleiben?«

»Ich habe keine festen Pläne«, sagt sie. »Aber ich könnte mich für heute abend mit Ihnen zu einem Drink verabreden. Nur ein Gläschen.«

»Ich wohne im METROPOL«, sagt er. »Und wo wohnen Sie?«

»Oh, ein kleines Hotel, Hotel TOMSON.«

»Hotel TOMSON, kenne ich nicht.«

»Es ist sehr klein. Billig, aber sauber.«

»Also«, sagt Bill, »im METROPOL stellen sie keine Fragen.«

»Was mich betrifft«, sagt Lise, »so können sie fragen, was sie wollen. Ich bin eine Idealistin.«

»Genau das bin ich auch«, sagt Bill. »Ein Idealist. Sie sind nicht beleidigt, oder? Ich wollte damit nur sagen, irgendwie glaube ich, daß ich Ihr Typ bin und Sie mein Typ sind.«

»Ich mag keine komischen Diäten«, sagt Lise. »Ich brauche keine Diät. Ich bin in guter Verfassung.«

»Also, das kann ich nicht durchgehen lassen, Lise«, sagt Bill. »Sie wissen nicht, was Sie da sagen. Makrobiotik ist nicht bloß eine Diät. Es ist eine Lebensweise.«

Sie sagt: »Ich muß heute nachmittag oder abend jemand treffen.«

»Wozu?« sagt er. »Ist es ein Freund?«

»Das geht Sie nichts an«, sagt sie. »Kümmern Sie sich um Ihr Yin und Yang.«

»Yin und Yang«, sagt er, »ist etwas, was Sie verstehen müssen. Wenn wir ein wenig Zeit füreinander hätten, ein wenig Zeit und Ruhe, in einem Zimmer, bloß miteinander reden, dann könnte ich Ihnen eine Vorstellung davon geben, wie es funktioniert. Es ist die Lebensweise eines Idealisten. Ich hoffe, die Jugend von Neapel dafür interessieren zu können. Wir machen dort ein makrobiotisches Restaurant auf, wissen Sie.«

Lise schaut sich wieder nach dem Mann um, der kränklich vor sich hinstarrt. »Ein merkwürdiger Typ«, sagt sie.

»Mit einem Raum hinter dem öffentlichen Speisesaal, einem Raum für diejenigen, die streng Diät Sieben befolgen. Diät Sieben heißt: nur Getreideprodukte, sehr wenig Flüssigkeit. Man nimmt so wenig Flüssigkeit zu sich, daß man nur dreimal täglich pinkeln muß, als Mann, und zweimal als Frau. Diät Sieben ist eine hochentwickelte Form der Makrobiotik. Man wird wie ein Baum. Die Menschen werden zu dem, was sie essen.«

»Wird man eine Ziege, wenn man Ziegenkäse ißt?«

»Ja, man wird schlank und sehnig wie eine

Ziege. Sehen Sie mich an, nicht ein Gramm überflüssiges Fett ist an meinem Körper. Ich bin nicht umsonst Wissensvermittler.«

»Sie haben bestimmt Ziegenkäse gegessen«, sagt sie. »Dieser Mann dort drüben sieht wie ein Baum aus, haben Sie ihn gesehen?«

»Hinter dem separaten Raum für diejenigen, welche Diät Sieben befolgen«, sagt Bill, »wird es noch einen kleinen Raum für Stille und Ruhe geben. In Neapel müßte es gut gehen, sobald wir mit der Jugendbewegung angefangen haben. Sie wird Yin-Yang-Jung heißen. In Dänemark kommt sie gut an. Aber auch ältere Menschen praktizieren diese Diät. In den Staaten ernähren sich viele Senioren nach den Regeln der Makrobiotik.«

»Die Männer in Neapel sind sexy.«

»Bei dieser Diät empfiehlt der Meister für die Region Nordeuropa einen Orgasmus täglich. Mindestens. In bezug auf die Mittelmeerländer wird dieser Aspekt noch untersucht.«

»Er hat Angst vor mir«, flüstert Lise, mit einer ruckartigen Kopfbewegung auf den Mann hinter ihr weisend. »Warum haben alle vor mir Angst?«

»Was meinen Sie damit? Ich habe keine Angst vor Ihnen.« Bill sieht sich ungeduldig um, als wollte er ihr nur einen Gefallen tun. Er dreht sich wieder um. »Kümmern Sie sich nicht um ihn«, sagt er. »Er sieht ja gräßlich aus.«

Lise erhebt sich. »Entschuldigen Sie«, sagt sie, »ich muß mir die Hände waschen.«

»Bis gleich!« sagt er.

Sie schiebt sich an ihm vorbei auf den Gang, in der Hand ihre Handtasche und das Taschenbuch, das sie auf dem Flughafen gekauft hat, nutzt dabei die Gelegenheit, sich die drei Passagiere in der Reihe hinter ihr genau anzusehen, den elend aussehenden Mann, die dicke Frau und das junge Mädchen, die dasitzen, ohne sich zu unterhalten, offenbar ohne miteinander zu tun zu haben. Lise bleibt einen Moment im Gang stehen, hebt den Arm, an dessen Handgelenk die Handtasche hängt, so daß das Taschenbuch, das sie nun zwischen Finger und Daumen hält, zu sehen ist. Sie scheint es deutlich präsentieren zu wollen, als wäre sie einer dieser Spione, von denen man liest, die sich an einem vorher vereinbarten Zeichen erkennen und den Kontakt zu einem anderen Agenten bestätigen, indem sie eine bestimmte Zeitung in einer bestimmten Weise hochhalten.

Bill sieht zu ihr auf und sagt: »Was ist los?«

Sie bewegt sich weiter vorwärts, während sie gleichzeitig fragt: »Wie bitte?«

»Dieses Buch werden Sie doch wohl nicht brauchen«, sagt Bill.

Sie sieht auf das Buch, als überlege sie, woher es käme, bleibt neben Bill stehen und wirft es schließlich mit einem leisen Lachen auf ihren Platz, ehe sie den Gang in Richtung Toilette hinuntergeht. Dort warten schon zwei Personen. Lise stellt sich gedankenverloren an, steht fast neben der Reihe, in der ihr anfänglicher Nachbar, der Geschäftsmann, sitzt. Doch sie scheint ihn nicht bemerkt zu haben, oder es ist ihr gleichgültig, daß er zwei-, dreimal zu ihr aufblickt, ängstlich zuerst, doch dann, da sie weiterhin keine Notiz von ihm nimmt, weniger ängstlich. Er blättert seine Zeitung um, faltet sie so, daß er bequem lesen kann, und studiert sie, ohne Lise noch einmal anzusehen, setzt sich noch behaglicher auf seinem Platz zurecht, leise seufzend wie jemand, dessen Besucher sich verabschiedet hat und der nun endlich allein ist.

Es hat sich herausgestellt, daß zwischen dem elend aussehenden Mann, der dicken Frau und dem jungen Mädchen, die im Flugzeug neben ihm saßen, doch eine Verbindung besteht. Er tritt jetzt aus dem Flughafengebäude, nicht krank, aber doch sehr erschöpft wirkend, begleitet von der Frau und dem Mädchen.

Lise steht ein paar Meter entfernt. Neben ihr steht Bill. Ihr Gepäck steht neben ihnen auf dem Gehsteig. Lise ruft: »Oh, dort ist er!« und läuft auf den Mann mit den kränklichen Augen zu. »Entschuldigen Sie«, sagt sie.

Er zögert, zieht sich mit einer merkwürdigen Bewegung zwei Schritte zurück, und mit den Schritten scheint er Brust, Schultern, Beine und Gesicht noch weiter zurückzunehmen. Die dicke Frau starrt Lise fragend an, während das Mädchen einfach nur dasteht und guckt.

Lise spricht den Mann auf Englisch an. Sie sagt: »Entschuldigen Sie, würden Sie vielleicht mit uns in einem Wagen ins Zentrum fahren? Es ist billiger mit dem Taxi, wenn man sich den Fahrpreis teilt, und natürlich geht es schneller als mit dem Bus.«

Der Mann schaut auf den Gehsteig, als hätte er ein furchtbares inneres Erlebnis. Die dicke Frau sagt: »Nein, danke. Wir werden abgeholt.« Sie berührt den Arm des Mannes und geht weiter, er hinterher wie ein Verurteilter auf dem Weg zum Galgen, während das Mädchen Lise ausdruckslos anstarrt, ehe auch sie weitergeht. Aber Lise eilt der Gruppe hinterher und stellt sich dem Mann wieder in den Weg. »Wir sind uns bestimmt schon einmal begegnet«, sagt sie. Der Mann bewegt den Kopf ein wenig, als habe er Zahnschmerzen oder Kopfschmerzen. »Ich wäre Ihnen sehr dankbar«, sagt Lise, »wenn Sie mich mitnähmen.«

»Tut mir leid...« sagt die Frau, und genau in diesem Moment tritt ein Mann in Chauffeuruniform heran. »Guten Tag«, sagt er. »Der Wagen steht dort drüben. Hatten Sie eine angenehme Reise?«

Der Mann hat den Mund weit geöffnet, gibt aber keinen Laut von sich. Jetzt preßt er die Lippen wieder aufeinander.

»Komm«, sagt die dicke Frau, während das Mädchen sich teilnahmslos umdreht. Die dicke Frau sagt freundlich, sich an Lise vorbeischiebend: »Tut mir leid, wir müssen weiter. Das Auto wartet, und wir haben keinen Platz.«

Lise ruft: »Aber Ihr Gepäck, Sie haben Ihr Gepäck vergessen!«

Der Chauffeur schaut zurück, sagt schmunzelnd über die Schulter: »Kein Gepäck, Miss. Sie haben kein Gepäck dabei. Alles, was sie brauchen, ist in der Villa.« Er zwinkert ihr zu, konzentriert sich dann wieder auf seine Tätigkeit.

Die drei folgen ihm über die Straße, zu den dort geparkten Autos, hinter ihnen strömen andere Reisende aus dem Flughafengebäude.

Lise läuft zu Bill zurück. Er sagt: »Was ist denn los?«

»Ich dachte, ich kenne ihn«, sagt Lise. Sie schluchzt, dicke Tränen rollen ihr über die Wangen. Sie sagt: »Ich war sicher, daß er der Richtige war. Ich muß jemanden treffen.«

Bill sagt: »Weinen Sie nicht, weinen Sie nicht! Die Leute gucken. Was ist denn los? Ich verstehe es nicht!« Gleichzeitig grinst er breit, als wolle er unterstreichen, daß er die unbegreiflichen Wünsche komisch findet. »Ich verstehe es nicht«, sagt er, zieht aus seiner Tasche zwei übergroße Papiertücher, nimmt eines und gibt es Lise: »Was haben Sie denn gedacht, wer er war?«

Lise wischt sich die Augen und putzt ihre Nase. Sie knüllt das Papiertaschentuch in der Faust zusammen. Sie sagt: »Meine Ferien fangen ja enttäuschend an. Ich war mir sicher.«

»Sie haben mich für die nächsten Tage, wenn Sie wollen«, sagt Bill. »Wollen Sie mich nicht wiedersehen? Kommen Sie, wir nehmen uns ein Taxi, in einem Taxi wird es Ihnen besser gehen. So, wie Sie weinen, können Sie nicht mit dem Bus fahren. Ich verstehe es nicht. Ich kann Ihnen alles geben, was Sie brauchen, warten Sie nur!«

In einer Menschentraube, die weiter entfernt auf dem Gehsteig auf ein Taxi wartet, steht der kräftige junge Mann im dunklen Anzug, die Aktentasche in der Hand. Lise sieht teilnahmslos Bill an, dann an ihm vorbei, und ebenso teilnahmslos nimmt sie den Mann wahr, dessen rosiges Gesicht ihr zugewandt ist. Kaum hat er Lise gesehen, hebt er den Koffer hoch und überquert die Straße zwischen vielen Autos, entfernt sich schnell. Doch Lise beobachtet ihn nicht weiter, scheint sich nicht einmal an ihn zu erinnern.

Im Taxi lacht sie rauh, als Bill sie zu küssen versucht. Dann läßt sie ihn, hebt danach bloß die Augenbrauen, als wollte sie sagen: »Und was jetzt?« Bill sagt: »Ich bin Ihr Typ.«

Das Taxi hält in der Innenstadt vor dem grauen Hotel TOMSON. Sie sagt: »Was liegt denn da auf dem Boden?« und zeigt auf kleine Körner, die überall verstreut liegen. Bill sieht genau hin und prüft dann den Reißverschluß seiner Tasche, der ein wenig aufgegangen ist.

»Reis«, sagt er. »Einer meiner Musterbeutel muß geplatzt sein, und die Tasche ist nicht richtig gepackt.« Er macht den Reißverschluß wieder zu. »Ist nicht so schlimm«, sagt er.

Er begleitet Lise zur schmalen Schwingtür und reicht dem Portier ihren Koffer. »Ich werde um sieben im Foyer des METROPOL nach Ihnen Ausschau halten«, sagt er. Er küßt sie auf die Wange, und abermals zieht sie die Augenbrauen hoch. Sie stößt die Schwingtür auf und geht hinein, ohne sich noch einmal umzusehen.

4

An der Hotelrezeption wirkt sie etwas durcheinander, als wüßte sie nicht genau, wo sie sich befindet. Sie nennt ihren Namen, doch als der Angestellte sie um ihren Paß bittet, versteht sie nicht sofort, denn sie fragt zuerst auf dänisch, dann auf französisch, was er will. Sie versucht es mit Italienisch, schließlich mit Englisch. Auf Italienisch und Englisch reagiert er mit einem Lächeln, bittet sie in beiden Sprachen noch einmal um ihren Paß.

»Ich bin verwirrt«, sagt sie auf englisch, während sie ihm ihren Paß reicht.

»Ja, Sie haben einen Teil Ihrer selbst zu Hause gelassen«, sagt der Angestellte. »Der andere Teil ist noch auf dem Weg hierher, aber in ein paar Stunden wird er Sie eingeholt haben. Das ist oft so bei Flugreisen, der Passagier kommt früher an als seine Seele. Soll ich Ihnen einen Drink oder einen Kaffee auf Ihr Zimmer bringen lassen?«

»Nein, danke.« Sie schickt sich an, dem Hotelboy zu folgen, dreht sich aber noch einmal um: »Wann werden Sie mit meinem Paß fertig sein?«

»Sofort, gnädige Frau, sofort. Wenn Sie wieder herunterkommen. Wenn Sie ausgehen. Sofort.« Er betrachtet ihr Kleid und ihren Mantel, wendet sich dann anderen Menschen zu, die gerade angekommen sind. Während der Hotelboy mit einem Zimmerschlüssel spielt und bereitsteht, Lise hinaufführen zu können, bleibt sie noch einen Moment stehen, um sich die Neuankömmlinge anzusehen. Es ist eine Familie – Mutter, Vater, zwei Buben und ein kleines Mädchen, alle auf deutsch laut miteinander redend. Inzwischen starren die beiden Söhne Lise an. Sie wendet sich ab, winkt den Boy ungeduldig zum Lift und folgt ihm dorthin.

In ihrem Zimmer angelangt, schickt sie den Boy rasch wieder weg und legt sich, ohne den Mantel ausgezogen zu haben, auf das Bett und starrt zur Decke. Sie atmet tief und bewußt, ein und aus, einige Minuten lang. Dann steht sie auf, legt ihren Mantel ab und sieht sich im Zimmer um.

Da ist das Bett mit einem grünen Baumwollüberwurf, ein Nachttisch, ein Läufer, ein Frisiertisch, zwei Stühle, eine kleine Kommode. Da ist ein breites, hohes Fenster, was darauf hindeutet, daß es früher zu einem viel größeren Zimmer gehört hat, welches die Hotelleitung aus wirtschaftlichen Erwägungen in zwei oder drei Zimmer aufgeteilt hat. Da ist ein Badezimmer mit Bidet,

Waschbecken und Dusche. Die Wände und der Wandschrank waren ursprünglich gelblich-cremefarben, sind inzwischen aber verdreckt, und an den verblichenen Stellen erkennt man, wo früher Möbel standen, die jetzt umgestellt oder entfernt worden sind. Lises Koffer liegt auf einem Gestell. Die Nachttischlampe ist ein gebogener Chromständer mit Pergamentschirm. Lise schaltet sie an. Sie schaltet die Deckenbeleuchtung an; in einer gesprenkelten Glaskugel leuchtet das Licht auf, geht flackernd wieder aus, als wäre Lise ihm plötzlich zu viel, nachdem es einer langen Reihe von Hotelgästen klaglos gedient hat.

Lise stapft schwer in das Badezimmer und schaut, ohne zu zögern, sofort in das Wasserglas, als erwarte sie dort, was sie auch tatsächlich findet: zwei Alka-Seltzer-Tabletten, verkrustet, wahrscheinlich vom letzten Zimmergast dort hineingetan, der gewiß hatte nüchtern werden wollen, schließlich aber nicht die Kraft gehabt oder vergessen hatte, das Glas mit Wasser aufzufüllen und das wohltuende Resultat zu trinken.

Neben dem Bett befindet sich ein kleiner, länglicher Kasten mit drei Bildern, ohne Worte, die den Gästen aller Sprachen zeigen sollen, mit welchem Klingelknopf welcher Service gerufen werden kann. Lise untersucht mit gerunzelter Stirn diesen Apparat, entziffert sozusagen die drei Bilder mit der Anstrengung, die jene aufbringen müssen, die mehr das Lesen von Schrift gewohnt sind. Abgebildet ist erstens ein adrettes Zimmermädchen mit einem langstieligen Staubwedel, dann ein tabletttragender Kellner und schließlich ein Mann in Livree, der über dem Arm ein gefaltetes Kleidungsstück trägt. Lise drückt auf das Zimmermädchen. Eine Lampe in dem Kasten läßt das Bild aufleuchten. Lise sitzt auf dem Bett und wartet. Dann streift sie die Schuhe ab, und nachdem sie eine Weile die Tür beobachtet hat, drückt sie auf den livrierten Kammerdiener, der ebenfalls nicht erscheint. Auch der Zimmerkellner nach etlichen Minuten nicht. Lise greift zum Telefonhörer, verlangt die Rezeption und beschwert sich in einem einzigen Wortschwall, daß niemand auf ihr Klingeln reagiert, daß das Zimmer dreckig ist, das Zahnputzglas nicht ausgewechselt wurde, seit der letzte Gast es benutzt hat, daß die Deckenbeleuchtung eine neue Birne braucht und daß, im Gegensatz zu den Angaben ihres Reisebüros, das Bett eine viel zu weiche Matratze hat. Man rät ihr, nach dem Zimmermädchen zu klingeln.

Lise hat gerade angefangen, ihre Liste noch einmal von vorne herunterzubeten, als mit fragendem Gesicht das Zimmermädchen erscheint. Lise legt den Hörer recht geräuschvoll auf und zeigt zur Deckenlampe. Das Mädchen probiert selbst den Schalter, nickt bestätigend und ist schon im Begriff, wieder hinauszugehen. »Halt!« ruft Lise, erst auf englisch, dann auf französisch, und beide Male reagiert das Mädchen nicht. Lise holt das Glas mit den verkrusteten Alka-Seltzer-Tabletten. »Schmutzig«, sagt sie auf englisch. Das Mädchen geht zum Waschbecken, läßt das Glas mit Wasser vollaufen und reicht es Lise. »Dreckig!« ruft Lise auf französisch. Das Mädchen versteht, lacht über den Vorfall und verschwindet diesmal rasch, das Glas in der Hand.

Lise schiebt die Schranktür zur Seite, nimmt einen hölzernen Kleiderbügel heraus, wirft ihn mit einem Schwung durchs Zimmer, legt sich aufs Bett, sieht auf ihre Uhr. Es ist fünf nach eins. Sie öffnet ihren Koffer, zieht vorsichtig einen kurzen Morgenmantel hervor. Sie nimmt ein Kleid heraus, hängt es in den Schrank, nimmt es wieder vom Bügel, legt es ordentlich zusammen und tut es wieder zurück. Sie nimmt ihren Toilettenbeutel und die Pantoffeln heraus, zieht sich aus, schlüpft in den Morgenmantel und geht ins Badezimmer, schließt die Tür. Sie hat sich gerade unter die Dusche gestellt, als sie Stimmen aus ihrem Zimmer hört, eine Männer- und eine Frauenstimme und ein scharrendes Geräusch. Sie steckt den Kopf aus dem Badezimmer, sieht einen Mann in hellbraunem Overall mit einer Leiter und einer Glühbirne sowie das Zimmermädchen. Lise kommt in ihrem Morgenmantel heraus, ohne sich richtig abgetrocknet zu haben, offensichtlich aus Sorge um ihre Handtasche, die auf dem Bett liegt. Der Morgenmantel klebt an ihrem Körper. »Wo ist das Zahnputzglas?« fragt Lise. »Ich muß ein Wasserglas haben.« Das Mädchen faßt sich an den Kopf, um auszudrücken, wie vergeßlich sie sei, und verläßt mit schwungvoll raschelndem Rock das Zimmer. Lise wird sie nicht wiedersehen. Aber bald darauf telefoniert sie mit der Rezeption, gibt ihren Wunsch bekannt, droht dabei mit sofortigem Auszug, wenn sie nicht sofort ihr Wasserglas bekommt.

Während sie darauf wartet, daß ihre Drohung etwas bewirkt, beschäftigt sich Lise abermals mit dem Inhalt ihres Koffers. Dies scheint ein Problem für sie zu sein, denn sie nimmt ein rosafarbenes Baumwollkleid heraus, hängt es in den Schrank, nimmt es nach einigen Sekunden des Zögerns wieder vom Bügel, legt es sorgfältig zusammen und packt es wieder in den Koffer. Vielleicht erwägt sie tatsächlich, das Hotel sofort zu verlassen. Doch als ein anderes Zimmermädchen mit zwei Wassergläsern erscheint, sich auf Italienisch entschuldigt und erklärt, daß das erste Zimmermädchen dienstfrei habe, fährt Lise fort, ihre Sachen in einer konfusen Art durchzusehen, nimmt aber nichts mehr aus ihrem Koffer.

Als dieses Zimmermädchen auf dem Bett das bunte Kleid und den Mantel liegen sieht, den Lise bei ihrer Ankunft getragen hatte, fragt sie freundlich, ob Madame an den Strand gehen will.

»Nein«, sagt Lise.

»Amerikanerin?« fragt das Mädchen.

»Nein«, sagt Lise.

»Engländerin?«

»Nein.« Lise wendet ihr den Rücken zu, um mit der genauen Durchsicht ihres Koffers fortzufahren, woraufhin das Mädchen, das sich offenbar überflüssig vorkommt, mit einem »Guten Tag« aus dem Zimmer geht.

Lise hebt die Enden ihrer sorgfältig gepackten Sachen an, wie geistesabwesend einem Gedanken nachgehend, wer kann schon sagen, welchem. Dann, in einer Anwandlung von Entschlossenheit, legt sie Morgenmantel und Pantoffeln ab und beginnt, die Sachen anzuziehen, die sie auf der Reise anhatte. Als sie fertig ist, legt sie den Morgenmantel zusammen, steckt die Slipper in den Plastikbeutel und legt sie wieder in den

Koffer. Sie packt auch alles wieder in den Toilettenbeutel, was sie herausgenommen hatte, und packt ihn ein.

Jetzt nimmt sie aus einer Innentasche ihres Koffers einen Prospekt mit beigefügtem Stadtplan, den sie auf dem Bett ausbreitet. Sie studiert ihn genau, findet zuerst die Stelle, wo sich das Hotel TOMSON befindet, und erkundet mit dem Finger verschiedene Wege von dort in das Stadtzentrum. Lise steht, beugt sich über die Karte. Das Zimmer ist dunkel, obwohl es noch nicht einmal zwei Uhr nachmittags ist. Lise schaltet das Licht an und vertieft sich in den Stadtplan.

Er ist hier und da mit winzigen Zeichen versehen, die auf historische Bauwerke, Museen und Denkmäler hinweisen. Schließlich nimmt Lise einen Kugelschreiber aus ihrer Tasche und markiert eine Stelle in einer großen grünen Fläche, dem größten Park der Stadt. Sie malt ein Kreuzchen neben eines der kleinen Symbole, das auf dem Plan als *Der Pavillon* erklärt wird. Dann faltet sie den Plan zusammen und legt ihn in den Prospekt zurück, den sie in ihre Handtasche steckt. Der Kugelschreiber liegt, anscheinend vergessen, auf dem Bett. Sie betrachtet sich im Spiegel, berührt ihr Haar, schließt dann den Koffer ab. Sie findet die Autoschlüssel, die sie am Morgen nicht abgegeben hat, und befestigt sie wieder an ihrem Schlüsselring. Sie legt das Schlüsselbund in ihre Handtasche, nimmt das Taschenbuch und geht hinaus, schließt hinter sich ab. Wer weiß, was sie denkt? Wer könnte es sagen?

Sie steht unten an der Rezeption. Hinter den geschäftigen Angestellten numerierte Fächer, in unregelmäßiger Folge gefüllt mit Briefen, Päckchen, Zimmerschlüsseln oder leer, und die Uhr darüber zeigt zwölf Minuten nach zwei. Lise legt ihren Zimmerschlüssel auf den Tresen und fragt so laut nach ihrem Paß, daß der Angestellte, den sie angeredet hat, ein weiterer Angestellter, der eine Rechenmaschine bedient, und mehrere andere Leute, die in der Eingangshalle stehen oder sitzen, auf sie aufmerksam werden.

Die Frauen starren auf Lises Kleidung. Auch sie sind bunt gekleidet für einen südlichen Sommer, doch selbst hier, in dieser Ferienatmosphäre, sieht Lise noch bunter aus. Vielleicht ist es die Farbkombination – das Rot ihres Mantels und das Lila ihres Kleids – und weniger die Farben an sich, wodurch sie Aufmerksamkeit erregt, während sie den Paß in der Plastikhülle von dem Angestellten entgegennimmt, der so aussieht, als trüge er auf seinen schmalen Schultern alle Verschrobenheit der Welt.

Zwei langbeinige Mädchen in sehr kurzen Rökken, wie sie gerade modern sind, starren Lise an. Zwei Frauen, die ihre Mütter sein könnten, starren ebenfalls. Und möglicherweise gibt der Umstand, daß Lises Kleid so altmodisch weit bis über die Knie reicht, was in der weniger modebewußten nördlichen Stadt, aus der sie am frühen Morgen abgereist ist, nicht aufgefallen war, ihrer Erscheinung ein besonderes Maß an Scheußlichkeit. Hier im Süden werden die Röcke kürzer getragen. So wie Prostituierte früher daran zu erkennen waren, daß sie kürzere Röcke trugen als allgemein üblich, so sieht Lise jetzt in ihrem Kleid, das die Knie bedeckt, neben den Mädchen in Minirock und den Müttern, deren Knie immerhin zu sehen sind, seltsamerweise wie eine Prostituierte aus.

Und so legt sie die Spur, an die sich bald darauf Interpol heften wird und zu der, in den wenigen Tagen, in denen ihre Identität festgestellt wird, die europäischen Journalisten mit gebührender Findigkeit die verschiedensten Theorien entwickeln werden.

»Ein Taxi, bitte«, sagt Lise laut zu dem uniformierten Boy, der neben der Schwingtür steht. Er tritt auf die Straße und pfeift. Lise folgt ihm hinaus auf den Bürgersteig. Eine ältere Frau, klein, adrett und agil, in einem gelben Sommerkleid, deren außerordentlich faltiges Gesicht der einzige Hinweis auf ihr fortgeschrittenes Alter ist, folgt Lise hinaus auf die Straße. Sie möchte auch ein Taxi, sagt sie mit leiser Stimme und schlägt Lise vor, gemeinsam eins zu nehmen. Wohin Lise denn wolle? Diese Frau scheint nichts Ungewöhnliches an Lise zu finden, so vertrauensvoll geht sie auf sie zu. Tatsächlich sind, obgleich man dies nicht sofort merkt, die Augen der Frau so trüb und ihre Ohren so schwach, daß der Eindruck von Grellheit, den Lise bei normaler Wahrnehmung hervorruft, bei ihr nicht entsteht.

»Ach«, sagt Lise, »ich will nur ins Zentrum. Ich habe keine festen Pläne. Es ist töricht, Pläne zu machen.« Sie lacht sehr laut.

»Danke, das Zentrum ist mir recht«, sagt die Frau, die Lises Lachen als Einwilligung auffaßt, sich das Taxi zu teilen.

Und tatsächlich, beide steigen in das Taxi und fahren davon.

»Bleiben Sie lange hier?« fragt die Frau.

»Da ist er gut aufgehoben«, sagt Lise und stopft ihren Paß in die Ritze zwischen Sitzfläche und Rückenlehne, schiebt ihn so tief hinein, bis er nicht mehr zu sehen ist.

Die alte Dame richtet ihre flinke Nase auf diese Unternehmung. Für einen Moment sieht sie verdutzt aus, doch bald betrachtet sie die Aktion als etwas Selbstverständliches, rutscht ein wenig nach vorne, damit Lise mehr Platz hat, das schmale Heft zu verstecken.

»So, das wär's«, sagt Lise, lehnt sich zurück, atmet tief durch und schaut aus dem Fenster. »Was für ein wunderbarer Tag!«

Die alte Dame lehnt sich ebenfalls zurück, als lehnte sie sich an das Vertrauen, das Lise in ihr geweckt hat. Sie sagt: »Ich habe meinen Paß im Hotel abgegeben, an der Rezeption.«

»Jeder nach seinem Geschmack«, sagt Lise und öffnet das Fenster. Ein leichter Wind dringt herein. Ihre Lippen öffnen sich vor Behagen, und sie atmet die Luft der breiten Straße, draußen am Stadtrand, ein.

Bald wird der Verkehr dichter. Der Fahrer fragt, wo die beiden abgesetzt werden wollen.

»An der Post«, sagt Lise. Ihre Begleiterin nickt.

Lise wendet sich zu ihr. »Ich werde ein paar Besorgungen machen. Das mache ich im Urlaub immer als erstes. Ich kaufe zuerst kleine Geschenke für die Familie, dann habe ich es hinter mir.«

»Ach, damals«, sagt die alte Dame. Sie legt ihre Handschuhe zusammen, betrachtet sie lächelnd, klatscht sich damit auf die Schenkel.

»In der Nähe der Post gibt es ein großes Kaufhaus«, sagt Lise. »Man bekommt dort alles, wonach einem der Sinn steht.«

»Heute abend kommt mein Neffe an.«

»Dieser Verkehr!« sagt Lise.

Sie fahren am Hotel METROPOL vorbei. Lise sagt: »In diesem Hotel gibt es einen Mann, den ich nicht sehen möchte.«

»Alles ist anders«, sagt die Dame.

»Eine Frau ist nicht aus Zement«, sagt Lise, »aber jetzt ist alles anders, es hat sich alles geändert, glauben Sie mir.«

Vor dem Postamt bezahlen sie, jede legt aufmerksam die ungewohnten Geldstücke in die nervöse, fleckige und rauhe Hand des Chauffeurs, eine Münze nach der anderen, bis der gesamte Betrag beisammen ist. Sie einigen sich über die Höhe des Trinkgelds und zählen auch diese Summe genau ab. Dann stehen sie auf dem Bürgersteig im Zentrum der ausländischen Stadt, brauchen dringend einen Kaffee und ein Sandwich, machen sich mit dem Bild der Stadt vertraut, mit den Kreuzungen, den geschäftigen Einwohnern, den umherstreifenden und den besorgten Touristen und mit den Jugendlichen, die sorglos, leichtfüßig durch die Menge tänzeln wie Antilopen, deren Köpfe, unsichtbare Geweihe tragend, in die

Höhe gereckt sind, um den Wind zu prüfen, und die sich des Bodens unter ihren Füßen so sicher scheinen, daß sie nicht einmal auf ihn hinuntersehen. Lise schaut auf ihre Sachen, als überlege sie, ob sie auffällig genug angezogen sei.

Dann nimmt sie die alte Dame am Arm und sagt: »Kommen Sie, wir trinken einen Kaffee. Wir gehen dort an der Ampel über die Straße.«

Freudig erregt läßt sich die alte Dame von Lise zur Kreuzung führen. Und während sie auf grünes Licht warten, zuckt die alte Dame erschrocken zusammen und ruft: »Sie haben Ihren Paß im Taxi gelassen!«

»Ja, ich habe ihn sicherheitshalber dort gelassen. Keine Sorge«, sagt Lise, »er ist dort gut aufgehoben.«

»Ach so.« Die alte Dame atmet auf und geht mit Lise in der wartenden Menge über die Straße. »Ich bin Mrs. Fiedke«, sagt sie. »Mr. Fiedke ist vor vierzehn Jahren verstorben.«

In der Bar setzen sie sich an einen kleinen runden Tisch, legen ihre Taschen, Lises Buch und ihre Ellbogen darauf. Beide bestellen einen Kaffee und ein Schinkenbrötchen mit Tomate. Lise lehnt ihr Buch so gegen die Tasche, daß der bunte Umschlag alle anspricht, die Augen dafür haben. »Wir wohnen in Nova Scotia«, sagt Mrs. Fiedke. »Wo wohnen Sie?«

»Es steht im Paß«, sagt Lise, diese Belanglosigkeit mit einer Handbewegung abtuend, »nichts Besonderes. Ich heiße Lise.« Sie schlüpft aus den Ärmeln ihres gestreiften Baumwollmantels und legt ihn hinter sich über die Stuhllehne. »Mr. Fiedke hat mir alles vererbt und nichts seiner Schwester«, sagt die alte Dame. »Aber wenn ich sterbe, bekommt mein Neffe alles. Ich wäre gern eine Fliege an der Wand gewesen, als sie es erfuhr.«

Der Kellner kommt mit dem Kaffee und den belegten Brötchen, legt das Buch beiseite, damit er Platz hat. Lise stellt es, nachdem er gegangen ist, wieder hin. Sie sieht sich nach den anderen Tischen und den anderen Leuten um, die an der Bar stehen und Kaffee oder Fruchtsaft trinken. Sie sagt: »Ich bin mit einem Freund verabredet, aber er scheint nicht hier zu sein.«

»Meine Liebe, ich möchte Sie nicht aufhalten oder Ihnen Unannehmlichkeiten bereiten.«

»Aber ich bitte Sie! Machen Sie sich keine Gedanken.«

»Es war sehr freundlich von Ihnen, mich zu begleiten«, sagt Mrs. Fiedke. »Eine fremde Stadt ist immer so verwirrend. Wirklich sehr freundlich.«

»Warum sollte ich denn nicht freundlich sein?«

sagt Lise, lächelt mit plötzlicher Liebenswürdigkeit.

»Also, ich werde mich hier schon zurechtfinden, wenn wir mit unserem Imbiß fertig sind. Ich werde mich etwas umsehen und ein paar Sachen einkaufen. Lassen Sie sich nicht aufhalten, meine Liebe.«

»Wir können unseren Einkaufsbummel ja gemeinsam machen«, sagt Lise sehr herzlich. »Es wäre mir ein Vergnügen, Mrs. Fiedke!«

»Wie freundlich Sie sind!«

»Man soll immer freundlich sein«, sagt Lise, »es könnte ja das letzte Mal gewesen sein. Man kann beim Überqueren der Straße getötet werden oder sogar auf dem Bürgersteig, jederzeit, man kann nie wissen. Also sollte man immer freundlich sein.« Vornehm schneidet sie ein Stück von ihrem Sandwich und steckt es in den Mund.

Mrs. Fiedke sagt: »Das ist ein sehr, sehr schöner Gedanke. Aber Sie sollten nicht an Unfälle denken. Ich versichere Ihnen, ich habe schreckliche Angst vor dem Straßenverkehr.«

»Ich auch. Schreckliche Angst.«

»Können Sie Auto fahren?« fragt die alte Dame.

»Ja, aber ich habe Angst vor dem Verkehr. Man weiß nie, was für ein Trottel am Steuer eines anderen Autos sitzt.«

»Heutzutage«, sagt Mrs. Fiedke.

»Hier in der Nähe gibt es ein Kaufhaus«, sagt Lise. »Kommen Sie mit?«

Sie essen ihr Sandwich auf und trinken ihren Kaffee. Dann bestellt Lise ein Regenbogeneis, während Mrs. Fiedke hin und her überlegt, ob sie wirklich noch etwas essen will, aber schließlich ablehnt.

»Merkwürdige Stimmen«, sagt die alte Dame und sieht sich um. »Schauen Sie sich den Lärm an!«

»Na ja, wenn man die Sprache kann.«

»Verstehen Sie die Sprache?«

»Ein bißchen. Ich spreche vier Sprachen.«

Mrs. Fiedke guckt anerkennend, während Lise verschämt mit den Krümeln auf dem Tischtuch spielt. Der Kellner bringt das Regenbogeneis, und als Lise den Löffel nimmt, um anzufangen, sagt Mrs. Fiedke: »Es paßt zu Ihrer Kleidung.«

Lise lacht darüber, bestimmt länger, als Mrs. Fiedke erwartet hatte. »Wunderschöne Farben«, offeriert Mrs. Fiedke, so wie man ein Hustenbonbon offerieren würde. Lise sitzt, den Löffel in der Hand, vor dem bunt gestreiften Eis und lacht. Mrs. Fiedke sieht erschrocken aus, was sich noch steigert, als die Menschen am Tresen verstummen, um die Lachende zu beobachten. Mrs. Fiedke zieht sich in ihr hohes Alter zurück, das Gesicht trocken und runzelig, die Augen tiefliegend, sie weiß nicht, was sie tun soll. Plötzlich hört Lise auf und sagt: »Das war komisch.«

Der Mann hinter der Theke, der schon unterwegs war, um nachzusehen, was es mit diesem Zwischenfall auf sich hat, bleibt stehen, murmelt etwas und dreht sich wieder um. Ein paar junge Leute an der Theke machen spöttische Gesten, werden vom Barmann aber zurechtgewiesen.

»Als ich losging, um mir dieses Kleid zu kaufen«, sagt Lise zu Mrs. Fiedke, »wissen Sie, was man mir da zuerst angeboten hat? Ein fleckenabweisendes Kleid. Unglaublich, was? Ein Kleid, das keine Flecken annimmt, wenn Kaffee oder Eiskrem darauf kommt. Irgendein neuer Synthetikstoff. Als ob ich ein Kleid haben wollte, das keine Flecken mehr zeigen würde!«

Mrs. Fiedke, deren Neugier allmählich wieder zum Vorschein kommt, nachdem sie sich vor Lises Lachen irgendwo in Sicherheit gebracht hatte, schaut Lises Kleid an und sagt: »Nimmt keine Flecken an? Sehr praktisch für unterwegs.«

»Nicht dieses Kleid«, sagt Lise, sich durch das Regenbogeneis arbeitend. »Es war ein anderes Kleid. Ich habe es aber nicht genommen. Sehr geschmacklos für meine Begriffe.« Sie hat ihr Eis aufgegessen. Wieder suchen die beiden Frauen in ihren Portemonnaies, während Lise einen raschen Expertenblick auf die zwei Kassenbons wirft, die auf dem Tisch liegen. Sie nimmt einen beiseite. »Dieser ist für das Eis«, sagt sie. »Den anderen teilen wir uns.«

»Was für eine Qual«, sagt Lise, »nicht genau zu wissen, wo und wann er auftauchen wird.«

Sie fährt, vor Mrs. Fiedke stehend, auf der Rolltreppe in den dritten Stock eines Kaufhauses. Auf der großen Uhr ist es zehn nach vier. Sie mußten über eine halbe Stunde warten, bis geöffnet wurde, denn sie hatten beide nicht an die südlichen Geschäftszeiten gedacht; in der Zwischenzeit sind sie um den Häuserblock gegangen und haben dabei so ernsthaft nach Lises Freund Ausschau gehalten, daß Mrs. Fiedke die Zeichen ihrer anfänglichen Verwirrung, als dieser Freund erwähnt wurde, verliert und jetzt nur noch begeistert beim Suchen mithilft. Während sie darauf warten, daß sich die Türen wieder öffnen, nachdem sie bei ihrem Rundgang immer wieder an dem vergitterten Eingang vorbeigekommen sind, beginnt Mrs. Fiedke, sich die Passanten genau anzuschauen.

»Ob er das ist, was meinen Sie? Er sieht sehr bunt angezogen aus, ganz wie Sie.«

»Nein, das ist er nicht.«

»Es ist gar nicht so leicht, bei diesen vielen Möglichkeiten. Wie steht's mit dem da? Nein, ich meine den da, der gerade vor diesem Auto über die Straße geht. Oder ist er vielleicht zu dick?«

»Nein, das ist er nicht.«

»Es ist sehr schwer, meine Liebe, wenn Sie nicht wissen, welcher Typ es ist.«

»Er könnte mit einem Auto kommen«, hatte Lise gesagt, und schließlich standen sie genau in dem Moment vor dem Kaufhaus, als die Tore geöffnet wurden.

Jetzt fahren sie hoch in den dritten Stock, wo die Toiletten sind, gleiten hoch auf der Rolltreppe, von der aus sie hinunterblicken können auf die Weite eines jeden Stockwerks, während die Treppe sie höher bringt. »Nicht sehr viele Herren«, bemerkt Mrs. Fiedke. »Ich bezweifle, daß Sie Ihren Freund hier finden werden.«

»Ich bezweifle es auch«, sagt Lise, »obwohl es ja viele männliche Angestellte gibt, nicht?«

»Ach, er ist Verkäufer?« sagt Mrs. Fiedke.

»Das kommt darauf an«, sagt Lise.

»Heutzutage«, sagt Mrs. Fiedke.

Lise steht in der Damentoilette, kämmt sich das Haar, während sie auf Mrs. Fiedke wartet. Sie steht an dem Waschbecken, an dem sie sich die

Hände gewaschen hat, betrachtet sich schmallippig im Spiegel, kämmt die hellblonde Strähne zurück und legt sie mit großer Konzentration über die dunkleren Locken. An den Waschbecken rechts und links neben ihr sind zwei junge Frauen damit beschäftigt, Frisur und Make-up aufzufrischen. Lise glättet mit nasser Fingerspitze die Augenbrauen. Die beiden Frauen packen ihre Sachen ein und verschwinden. Eine andere Frau, matronenhaft bepackt, platzt herein und zieht sich in eine der Toilettenkabinen zurück. Lise ist fertig und wartet. Schließlich klopft sie an Mrs. Fiedkes Tür. »Alles in Ordnung?«

Wieder fragt sie: »Alles in Ordnung?« Und wieder klopft sie: »Mrs. Fiedke, alles in Ordnung mit Ihnen?«

Jetzt stürzt die zuletzt Gekommene aus ihrer Kabine und tritt an ein Waschbecken. Lise sagt zu ihr, am Griff von Mrs. Fiedkes Tür rüttelnd: »Eine alte Dame ist da drin eingeschlossen, und ich kann nichts hören. Es muß etwas passiert sein.« Und wieder ruft sie: »Mrs. Fiedke, alles in Ordnung?«

»Wer ist sie?« sagt die andere Frau.

»Ich weiß es nicht.«

»Aber Sie gehören zusammen, ja?« Die Matrone wirft einen prüfenden Blick auf Lise.

»Ich werde jemand holen«, sagt Lise und rüttelt noch einmal am Griff. »Mrs. Fiedke! Mrs. Fiedke!« Sie preßt das Ohr an die Tür. »Nichts zu hören«, sagt sie, »nichts.« Dann nimmt sie ihre Tasche und ihr Buch von der Ablage und läuft aus der Damentoilette, während die andere Frau horcht und an der Tür von Mrs. Fiedkes Kabine rüttelt.

Draußen, in der ersten Abteilung, sind Sportartikel ausgestellt. Lise geht quer durch, bleibt nur einmal stehen, um einen Ski anzufassen, sie fühlt das Holz und streicht darüber. Ein Verkäufer kommt hinzu, doch Lise ist schon weitergegangen, bahnt sich einen Weg durch die belebtere Abteilung mit Schuluniformen. Sie bleibt bei einem Paar kleiner, mit rotem Pelz gefütterter Handschuhe stehen, die auf einer Vitrine liegen. Die Verkäuferin steht abwartend dahinter. Lise schaut sie an. »Für meine Nichte«, sagt sie. »Aber ich weiß nicht mehr, welche Größe sie hat. Ich werde es lieber nicht riskieren, vielen Dank.« Sie geht quer hinüber zur Spielwarenabteilung und bleibt eine Weile bei einem Nylonhund stehen, der, sobald ein Schalter an seiner Leine betätigt wird, bellt und zu laufen anfängt, mit dem Schwanz wedelt und sich hinsetzt. Lise geht durch die Bettwäscheabteilung zur Rolltreppe, wirft einen Blick über jede Etage, die ihr beim Hinunterfahren entgegenkommt, bleibt aber auf keinem Treppenabsatz stehen, bis sie schließlich das Erdgeschoß erreicht. Hier kauft sie einen schwarzweiß gemusterten Seidenschal. An einem Stand wird ein preiswerter Elektromixer vorgeführt. Lise kauft ein Gerät, wobei sie den Verkäufer anstarrt, als dieser versucht, seiner Kundin mit persönlichem Charme zu kommen. Er ist ein dünner, bleicher Mann mittleren Alters, mit wachen Augen. »Sind Sie auf Urlaub?« fragt er. »Amerikanerin? Schwedin?« Lise sagt: »Ich hab's eilig.« Der Verkäufer findet sich mit seinem Irrtum ab, wickelt das Paket ein, nimmt ihr Geld entgegen, bedient die Kasse und gibt Lise heraus. Sie geht dann die breite Treppe hinunter ins Untergeschoß. Hier kauft sie eine Reißverschlußtasche aus Plastik, in die sie ihre Einkäufe packt. Sie schlendert durch die Schallplattenabteilung und bleibt bei einer kleinen Gruppe stehen, die sich dort die neue Platte einer Popgruppe anhört. Lise hält ihr Taschenbuch gut sichtbar, ihre Handtasche und die neue Reißverschlußtasche hängen über dem linken Arm, fast am Handgelenk, und sie hält das Buch vor die Brust wie ein Vertriebener ein Erkennungszeichen. *Come over to my place, for a sandwich, both of you, any time...* Der Titel verklingt. Ein Mädchen mit langen braunen Zöpfen hüpft vor Lise herum, den Rhythmus mit den Ellbogen, mit den Bluejeans und offenbar auch im Kopf fortsetzend, wie ein gerade geköpftes Huhn noch für kurze Zeit, lautlos jetzt, panisch weiterrennt. Mrs. Fiedke taucht hinter Lise auf und berührt ihren Arm. Lise dreht sich zu ihr um und sagt lachend: »Schauen Sie mal, dieses verrückte Mädchen, sie kann nicht aufhören zu tanzen.«

»Ich bin wohl kurz eingeschlafen«, sagt Mrs. Fiedke. »Es war nichts Schlimmes. Ich bin einfach eingenickt. So freundliche Leute. Sie wollten mich in ein Taxi setzen, aber warum sollte ich ins Hotel zurück? Mein armer Neffe kommt heute abend nicht vor neun Uhr an, vielleicht auch noch später. Er muß das Flugzeug davor verpaßt haben. Der Portier hat freundlicherweise für mich angerufen und sich erkundigt, wann das nächste Flugzeug ankommt und so.«

»Sehen Sie nur«, flüstert Lise. »Sehen Sie sie nur mal an!! Nein, warten Sie. Sie wird wieder weitermachen, wenn der Mann die nächste Platte auflegt.«

Die Platte beginnt, und das Mädchen tanzt. Lise sagt: »Glauben Sie an Makrobiotik?«

»Ich bin Zeugin Jehovas«, sagt Mrs. Fiedke.

»Allerdings erst seitdem Mr. Fiedke tot ist. Ich habe keine Probleme mehr. Mr. Fiedke hat seine Schwester geschnitten, wissen Sie, weil sie keine Religion hatte. Sie stellte alles in Frage. Es gibt ein paar Dinge, die darf man nicht in Frage stellen. Aber ich weiß, wenn Mr. Fiedke noch lebte, dann wäre auch er ein Zeuge Jehovas. Eigentlich war er es in vielerlei Hinsicht, ohne es selbst zu wissen.«

»Makrobiotik ist eine Lebensweise«, sagt Lise. »Dieser Mann im METROPOL, ich habe ihn im Flugzeug kennengelernt. Er ist Makrobiotiklehrer. Er befolgt Diät Nummer Sieben.«

»Wie wunderbar!« sagt Mrs. Fiedke.

»Er ist aber nicht mein Typ«, sagt Lise.

Das Mädchen mit den Zöpfen tanzt noch immer vor ihnen, ganz für sich allein, und als sie plötzlich einen Schritt zurück macht, muß Mrs. Fiedke ihr ausweichen. »Ist sie ein Hippie?«

»Im Flugzeug waren noch zwei andere. Ich dachte, sie sind mein Typ, aber sie waren es nicht. Ich war enttäuscht.«

»Aber Sie werden Ihren Freund bald sehen, nicht wahr? Haben Sie das nicht gesagt?«

»Oh, das ist mein Typ«, ruft Lise.

»Ich muß noch ein Paar Pantoffeln für meinen Neffen einkaufen. Größe Neun. Er hat das Flugzeug verpaßt.«

»Der da ist ein Hippie«, sagt Lise und zeigt mit einer Kopfbewegung auf einen bärtigen, schlaksig dastehenden Jugendlichen in engen, ausgeblichenen Jeans, die Schultern behängt mit verschiedenen Jacken und ausgefransten Ledersachen, etwas zu viel für die Jahreszeit.

Mrs. Fiedke schaut neugierig und flüstert Lise zu: »Sie sind Hermaphroditen. Sie können nichts dafür.« Der junge Mann dreht sich um, als ihm ein hochgewachsener Kaufhausdetektiv in blauem Anzug die Hand auf die Schulter legt. Der bärtige Junge beginnt zu gestikulieren und zu schimpfen, was aber nur dazu führt, daß ein anderer, kleinerer Mann ihn an der anderen Schulter packt. Sie führen den Protestierenden zu einem Notausgang. Unter der plattenhörenden Menge entsteht eine kleine Auseinandersetzung, die einen ergreifen Partei für den jungen Mann, die anderen gegen ihn. »Er hat niemandem etwas getan!« »Er hat entsetzlich gestunken!« »Was glauben Sie eigentlich, wer Sie sind!«

Lise schlendert weiter zur Abteilung Fernsehgeräte, ihr hinterdrein eine besorgte Mrs. Fiedke. Hinter ihnen wendet sich das Mädchen mit den Zöpfen an die Umstehenden: »Wir sind doch hier nicht in Amerika, wo man einen Menschen, dessen Gesicht einem nicht paßt, vor die Tür schafft und erschießt.« Eine Männerstimme ruft zurück: »Man konnte sein Gesicht gar nicht sehen, so lange Haare hatte er. Geh doch wieder zurück, wo du herkommst, du kleine Hure! Hier bei uns...«

Der Streit hinter ihnen wird mit wachsender Entfernung immer leiser. Die wenigen Leute, die sich in der Fernsehabteilung um den Verkäufer geschart haben, scheinen jetzt hin und her gerissen zwischen dem ruhigen Fluß seiner Worte und dem politischen Aufstand, der drüben in der Schallplattenabteilung auszubrechen droht. Auf zwei Bildschirmen, der eine sehr groß und der andere klein, läuft dasselbe Programm: ein Naturfilm, der gerade zu Ende geht. Eine voranstürmende Rinderherde, groß auf dem einen Apparat, klein auf dem anderen, kommt quer über die beiden Bildschirme, und aus beiden Geräten erklingt mit gleicher Lautstärke eine Musik, die sich eindeutig nach Finale anhört. Der Verkäufer stellt den größeren Apparat etwas leiser und wendet sich dann wieder seinen Kunden zu, die nunmehr auf zwei reduziert sind, wobei er gleichzeitig Lise und Mrs. Fiedke interessiert beobachtet, die weiter hinten herumschlendern.

»Ist vielleicht das Ihr Freund?« sagt Mrs. Fiedke, während auf dem Bildschirm eine Namensliste derjenigen erscheint, die an dem Film mitgewirkt haben, dann eine weitere und noch eine. Lise sagt: »Ich habe selbst gerade überlegt. Er sieht ja solide aus.«

»Es ist Ihre Entscheidung«, sagt Mrs. Fiedke. »Sie sind jung und haben das Leben noch vor sich.«

Eine gepflegte Ansagerin erscheint auf beiden Bildschirmen, klein und groß, um die Schlagzeilen der ersten Abendnachrichten zu verlesen. Zuerst erklärt sie, daß es siebzehn Uhr ist, dann gibt sie bekannt, daß in einem Land im Nahen Osten ein Militärputsch stattgefunden habe, über den genaue Einzelheiten noch nicht bekannt seien. Der Verkäufer überläßt seine potentiellen Kunden ihren eigenen Überlegungen, neigt sich Mrs. Fiedke zu und fragt, ob er ihr helfen könne.

»Nein, vielen Dank«, erwidert Lise in der Landessprache. Woraufhin der Verkäufer näherkommt und, an Mrs. Fiedke gerichtet, auf Englisch nachsetzt: »In dieser Woche sind unsere Preise stark reduziert, gnädige Frau.« Er sieht Lise gewinnend an, tritt dann auf sie zu, um ihren Arm zu drücken. Lise dreht sich zu Mrs. Fiedke um. »Auch Fehlanzeige«, sagt sie. »Kommen Sie, es ist schon spät«, und führt die alte Dame zur Geschenkabteilung am anderen Ende des Stockwerks. »Überhaupt nicht mein Mann. Er wollte vertraulich mit mir werden«, sagt Lise. »Derjenige, den ich suche, wird mich sofort als die Frau erkennen, die ich bin. Seien Sie unbesorgt.«

»Bestimmt?« sagt Mrs. Fiedke, die sich empört in Richtung Fernsehabteilung umdreht. »Vielleicht sollten wir ihn melden. Wo ist die Verwaltung?«

»Was soll's«, sagt Lise. »Wir können es nicht beweisen.«

»Vielleicht sollten wir die Hausschuhe für meinen Neffen woanders kaufen.«

»Wollen Sie Ihrem Neffen wirklich Hausschuhe kaufen?« fragt Lise.

»Ich hatte mir Hausschuhe als Begrüßungsgeschenk gedacht. Mein armer Neffe – der Hotelportier war so nett. Der arme Junge sollte eigentlich heute früh mit der Maschine aus Kopenhagen eintreffen. Ich habe gewartet und gewartet. Er muß das Flugzeug verpaßt haben. Der Portier hat im Plan nachgesehen, es gibt noch eine zweite Maschine, die heute abend ankommt. Ich muß unbedingt daran denken aufzubleiben. Das Flugzeug kommt um zweiundzwanzig Uhr zwanzig an, aber es kann vielleicht auch halb zwölf, zwölf werden, bis er im Hotel ist, wissen Sie.«

Lise betrachtet die ledernen Brieftaschen, auf die das Stadtwappen ihres Urlaubsortes geprägt biegen in eine Seitenstraße ein. Ein paar Meter weiter, an der nächsten Ecke, ist ein Taxistand mit einem wartenden Taxi. Als sie dieses eine Taxi fast erreicht haben, kommt ihnen jemand zuvor.

»Es riecht nach Verbranntem«, sagt Mrs. Fiedke, während sie an der Ecke stehen und auf ein anderes Taxi warten. Lise schnuppert, den Mund leicht geöffnet, und ihre Augen springen rasch von Passant zu Passant. Dann niest sie. Etwas ist mit den Menschen auf der Straße passiert. Sie blicken sich um, ziehen die Luft ein. Irgendwo in der Nähe wird gerufen und geschrieen.

Plötzlich kommt eine Menschenmenge um die Ecke gestürmt. Lise und Mrs. Fiedke werden auseinandergefegt und in alle Richtungen gestoßen, eine riesige Menge, hauptsächlich junge Männer, auch ein paar kleinere, ältere und grimmiger aussehende Männer, hier und da auch ein junges Mädchen, alle brüllen durcheinander und laufen davon. »Tränengas!« ruft jemand, und dann rufen viele Leute »Tränengas!«. Vor einem Geschäft in Lises Nähe wird schnell und mit viel Lärm der Rolladen heruntergelassen, die anderen Geschäfte machen ebenfalls zu. Lise fällt zu Boden, ein junger Mann zieht sie hoch, rennt weiter.

Kurz bevor das Ende der Straße erreicht ist, dort wo sie in den Kreisverkehr einmündet, kommt die Menge zum Stehen. Eine Formation grauuniformierter Polizisten kommt auf sie zugelaufen, Tränengaspatronen in der Hand, die Gasmasken einsatzbereit. Der Verkehr auf dem Platz ist zum Erliegen gekommen. Lise weicht mit ihrer Gruppe in eine Autowerkstatt aus. Ein paar Mechaniker in Overalls ducken sich hinter den Autos, andere verstecken sich unter einem Auto, das während der Reparaturarbeiten auf einen Räderschlitten gehoben worden war.

Lise kämpft sich zu einer dunklen Ecke im hinteren Teil der Werkstatt durch, in der ein kleiner roter, stark verbeulter *Morris-Mini* hinter einem größeren Auto abgestellt ist. Mit einem kräftigen Ruck will sie die Tür aufreißen, als erwarte sie, daß sie verschlossen ist. Doch sie geht so leicht auf, daß Lise rückwärts stolpert. Sobald sie ihr Gleichgewicht wiedergefunden hat, klettert sie hinein, schließt ab und birgt den Kopf zwischen den Knien, schwer atmend, einen Geruch von Benzin spürend, in den sich ein Hauch von Tränengas mischt. Die Demonstranten formieren sich in der Werkstatt, werden gleich darauf von der Polizei entdeckt und vertrieben. Ihr Abzug erfolgt, von lauten Rufen abgesehen, einigermaßen friedlich.

Lise klettert mit ihrer Reißverschlußtasche und ihrer Handtasche aus dem Auto, schaut nach, ob ihre Kleidung etwas abbekommen hat. Die Mechaniker quittieren den Zwischenfall mit lautstarken Kommentaren. Einer hält sich den Bauch, ruft, er sei vergiftet, seine Gesundheit sei durch das Tränengas für immer ruiniert, und schwört, er werde die Polizei verklagen. Ein zweiter legt die Hand an den Hals, keucht, er werde gleich ersticken. Die anderen verfluchen die Studenten, auf deren Solidaritätsbezeugungen sie verzichten können, wie sie in deftig-höhnischen Obszönitäten ihrer Muttersprache erklären. Als Lise humpelnd hervortritt, verstummen sie. Es sind insgesamt sechs Männer, einschließlich eines Lehrlings und eines großen, stämmigen Mannes mittleren Alters, der keinen Overall trägt, sondern eine Hose und ein weißes Hemd und sich eindeutig als Chef aufführt. Da er in Lise anscheinend ein greifbares Überbleibsel des Aufruhrs erblickt, der gerade über seine Werkstatt gekommen ist, beginnt der massige Kerl, seinen Zorn hemmungslos hysterisch an ihr auszulassen. Er brüllt, sie solle in das Bordell zurückgehen, aus dem sie gekommen sei, erinnert sie daran, daß ihrem Großvater unzählige Male Hörner aufgesetzt worden seien und daß sie selbst in der Gosse gezeugt und in einer anderen Gosse geboren sei; und nachdem er die Grundidee noch weiter ausgeschmückt hat, bezeichnet er Lise schließlich als Studentin.

Lise steht etwas verdutzt da. Sie wirkt beinahe erleichtert über diesen Ausbruch, sei es, daß er nach der ganzen Panik ihre eigene Spannung löst, oder aus einem anderen Grund. Wie auch immer, sie legt eine Hand über die Augen und sagt in der Landessprache: »Ach bitte. Ich bin bloß eine Touristin. Lehrerin aus Iowa, New Jersey. Ich habe mir am Fuß weh getan.« Sie läßt die Hand sinken und betrachtet ihren Mantel, der einen großen schwarzen Ölfleck aufweist. »Sehen Sie sich meine Sachen an«, sagt Lise, »meine neuen Sachen. Am besten, man wird gar nicht mehr geboren. Ich wünschte, meine Mutter und mein Vater hätten Geburtenregelung praktiziert. Hätte es doch damals schon die Pille gegeben! Mir ist schlecht, mir ist entsetzlich schlecht!«

Die Männer sind beeindruckt, allesamt. Einige haben sichtlich bessere Laune bekommen. Der Chef wendet sich mit ausgebreiteten Armen hierhin und dorthin, um die versammelte Mannschaft zum Zeugen seines Dilemmas zu machen: »Tut mir leid, meine Dame, tut mir leid. Woher sollte ich das wissen. Entschuldigen Sie, aber ich dachte, Sie gehören zu den Studenten. Wir haben eine Menge Ärger mit den Studenten. Bitte vielmals um